爱·情·物·语

美丽岛

积雪草 著

中国社会出版社
国家一级出版社★全国百佳图书出版单位

图书在版编目（CIP）数据

美丽岛 / 积雪草著. —北京：中国社会出版社，2013.3

ISBN 987-7-5087-4312-7

I.①美… II.①积… III.①散文集—中国—当代 ②随笔—作品集—中国—当代 IV.①I267

中国版本图书馆CIP数据核字（2013）第019507号

书　　名： 美丽岛
著　　者： 积雪草
责任编辑： 侯　钰

出版发行： 中国社会出版社　　**邮政编码：** 100032
通联方法： 北京市西城区二龙路甲33号
编辑部电话：010-66080360
邮购部：010-66061078
销售部：010-66080300 / 66085300　传真：010-66051713
010-66083600 / 66080880　010-66080880
网　　址： www.shcbs.com.cn
经　　销： 各地新华书店

印刷装订： 北京市优美印刷有限责任公司
开　　本： 145mm × 210mm　1/32
印　　张： 7.25
字　　数： 220千字
版　　次： 2013年7月第1版
印　　次： 2013年7月第1次印刷
定　　价： 26.00元

CONTENTS | 目 录

流泪的木樨花

漂亮的“凶手”

第一次遇到简宁，是在拉萨的贡嘎机场。那时，我是一家画报的摄影记者，天南海北地跑，旅途中遇到的人不计其数，擦肩而过，没有谁会记住谁，但我却记住了简宁，一个特别的女孩。

那天过安检门的时候，排在我前面的简宁被机场的警察拦住了，原因是她的背囊里有凶器，要例行检查。

我惊奇地打量着面前这个女孩，哪会有这么漂亮的“凶手”啊？高高的个子，很瘦，长发飘逸，皮肤是那种接近小麦的健康色，胳膊上戴着绿松石的串珠，想必是刚在八角街上买的，我怎么都不相信她会藏有凶器。

她被两个年轻的警察带进了一间小办公室里例行问话，我跟在她的身后，想看个究竟。警察从她的行囊里找出一把藏式的镶银匕首，刃长大约十三四厘米，柄长七八厘米的样子，寒光闪闪。年龄较长的警察面无表情地盯着她问：“这把匕首是干什么用的？”

简宁一脸诚恳地说：“是我刚刚在八角街上买的，因为喜欢，所以带在身边，忘记了飞机上不准带刀具的规定。”警察不依不饶地问：“发票呢？或者有谁可以证明？”简宁急忙辩解道：“在私人手里买的，没有发票。警察先生，您老看清楚，我可是安分守己的良民，从来没有做过坏事。”看到她急成那个样子，我忍不住说：“我和她是一起的，能够证明她是刚刚买的，用来防身的。”简宁回头，冲我调皮地眨了一下眼睛。

办完手续，一起出来，我笑道：“傻丫头，带这么个大家伙在身上，难免警察先生起疑。呵呵，看你那么喜欢，我送你一把吧！”说着，我把拴在钥匙圈上的一把拇指长短的小匕首送给了她。

她接过去拿在手里，反反复复地看，脸上的笑容像我所在的城市里的木樨花。每年秋天，城市里到处飘着木樨花的香气。

我冲简宁招招手说：“附耳过来，我教你一招防身绝招。”简宁像一个听话的孩子，乖乖地走到我近前。我说：“你这么瘦不成，多吃点东西，长胖一点，坏人就不是你的对手。”简宁撇撇嘴笑道：“我还当什么秘不外传的绝招呢，吃那么胖，来了坏人跑不动路怎么办？”我皱着眉头做沉思状：“这我怎么没有想到呢？”逗得她哈哈大笑，刚才的不快一扫而光。

那时我还不知道，简宁的笑容像高原明亮的阳光，将穿透我的一生。

故乡遇故人

我厌倦了到处跑的日子，回来之后，索性辞去摄影记者的差事，自己办了一家小广告公司，凭借美术功底，以为可以从此大展拳脚。着实忙碌了一阵子，租房子，招聘人员，筹备各种事项，等一切都上了轨道，我才发现做生意根本不像想的那么简单，倾尽所有的积蓄，却一单生意也做不下来，眼瞅着资金越来越少，心中急得都有跳楼的心。

有时候，我会想起简宁，那个有着木樨花一般笑容的女孩，她就像我的梦一样，过往处，没有留下一丝的痕迹，我非常后悔当初没有要她的电话或E-mail，以致再也无法跟她联系。

我是个感性的男人，可能注定不适合做生意，我却没能清醒地认清这一点。正当我愁眉不展的时候，有朋友建议我到人才市场招聘高人，输入新鲜血液，化解眼前的危机。我想都没想就去了，只要能渡过眼前的难关，别说是招聘，再困难的事儿我也会去做。

周一的早晨，人事部的经理进来说："招聘到一个高人，人家只有两个条件，第一，只做三个月；第二，月薪低于五千免谈。"我心中冷笑，我这间小广告公司，够不够发她三个月薪水还是一回事呢，但却不能在下属面前表现出来。我忙问："谁这么大的口气？"我正在纳闷，人事部的经理冲门外喊了一声，一个女孩应声进来，站在我的面前，我吓了一跳，跳起来问："丫头，你怎么来了？还那么瘦，是不是没钱吃饭啊？"简宁仿佛从天而降，歪着头看我："你这家伙，怎么也在这儿？"

我回头冲人事部经理摆摆手说："故人来访，招聘的事儿以后再说吧！”人事部经理笑道：“她就是来应聘的。”

我瞪大眼睛看着简宁，她冲我点点头。

超级胖女友

原来简宁酷爱旅行，大学毕业后，在一家广告公司做过两年，因为天性散漫，所以辞职不做，一个城市、一个城市地走，没有钱了就停下来，找个公司打两个月的工，攒一点钱，然后再走，她说她向往和喜欢这样的流浪生活，两年里她去过不下十个城市，在拉萨的贡嘎机场遇到我的时候，她正在往下一个城市迁徙。

简宁果然是一个好帮手，对广告业务的环节也很在行，在她的帮助下，原来一些乱七八糟纠缠不清的琐事，很快就理出了头绪。我有些离不开她了，出去应酬也都带着她，她总会巧妙地化解各种矛盾和意外情况。

有一次，在酒桌上，对手是个色眯眯的胖子，趁着简宁给他敬酒的时候，乘机摸她的手，我看了心中极度郁闷，忽地一声站起来，正待发作，简宁嘴里应酬着胖子，眼急脚快，在桌子下面狠狠地踢了我一脚，我疼得咧了一下嘴，回头看简宁笑靥如花地对那胖子说：“张先生的这枚婚戒可真漂亮，有眼光，一定是嫂夫人亲自选的吧？”胖子讪讪地点头说是。

回去的路上，我还在生气，简宁却没心没肺地说：“心疼我了，那多给我发点奖金啊！”我忽然控制不住情绪，对她吼道：“你就知道钱，被人家占了便宜还不知道呢！”简宁也生气了，把脸扭向车窗外，嘴里却说：“想占我的便宜，也不是那么容易的事儿，除非本小姐甘心情愿给人家占。出来行走也好几年了，什么人没有遇到过？酸甜苦辣，蜜里调油，什么没有经历过？都像你想的，谁想把我怎样就怎样，那我就不用出来旅行，还是待在家里好了。”

看不出柔弱的简宁，如此软中带硬，几句话便把我逼到了墙角，我赌气说：“我吃醋，不行啊？”

简宁嬉皮笑脸地说：“喜欢我就明说啊，拐弯抹角的，我可反应迟钝啊。”我打击她：“别得意太早，我可不喜欢你这样的瘦子，我喜欢胖一点的女孩，比你好看。”简宁深表惋惜，痛心疾首地说：“看不出你的品位真差。”

没过几天，原来画报社的一个女编来找我，报社创收，给每个编辑都安排了广告的任务，她不知从哪儿知道我办了一家小广告公司，跑来央求我在她们报社做广告，也好让她在报社继续“苟延残喘”下去，就差一把鼻涕一把眼泪地求我了，说是完不成任务，报社的老总会让她下岗的。我这人心软，就答应了她。

她来时，办公室里的小赵隔着窗子喊：“老板，你女朋友来了！”引得办公室里的同事呼啦一下围上来，都想看看我的女友是何方的神圣。

刚巧此女编是一个丰满的女孩，在公司里招摇，竟然真的以我的女友自居。简宁看到我，笑道：“跟你女朋友打架，我猜你一定不是对手，她可是重量级的啊！”

我哭笑不得，简宁认准了胖女编是我的女友，常常以此来打趣我，我怎么解释她都置之不理，我怀疑她是成心跟我作对。

我跟简宁的关系，一直停留在比朋友近、比恋人远的程度上。我希望和她的关系能够明朗化，因此一直做着努力，可是她却像不明白我的心意似的，些许的期待让我怅惘。直到有一天，简宁悄无声息地走到我的身边说："我们的合约快到期了。"我停下了手里的事情，茫然地看她，仿佛从来没有想过会有分开的一天，我说："你能留下来吗？这个城市就不能成为你停留的港湾？"简宁笑道："你得给我一个理由，让我说服自己。"

我想着简宁的话，想了很久，她是在暗示我什么吗？

长胖了的小肥猪

然后，一个没有什么征兆的日子，我在一家餐厅跟一个客户应酬，忽然手机响了起来，是公司里的同事打来的，说公司出事了，我连忙往回赶。

离老远我就看见公司的二层小楼，一片浓烟滚滚，我的心一下揪了起来，那可是我一年多的心血。当初图便宜，租的是一幢废弃的两层小楼，破败不堪，经过简单的装修，勉强可以用。简宁曾数次建议我更换办公场所，我都固执己见，想等着完成了原始的资本积累再说。

消防车的警笛扎得人心痛。我忙问，还有谁没有出来？小赵说："刚看到简宁又进去了。"我心说这丫头又犯傻，还有什么比逃命更重要的？我顾不得小赵的劝阻，也冲进去，在二楼的楼梯口处看到简宁，她从楼梯上摔下来，怀里死死地抱着一些散乱的文件。我扫了一眼，是刚签署的一份和一家境外公司合作的意向书。

简宁的脚摔伤了，不能走路，我把她抱起来，简宁死死地搂住我的脖子，我埋怨她："有什么值得你拿命去交换，你傻了吧？"烟熏得我睁不开眼睛，我有些想流泪的冲动。

小楼并没有成为瓦砾灰烬，消防队员没用十分钟就把那片浓烟消灭掉了。此次意外，完全是因为电线老化而短路引起的，公司并没有因此受到多少损失，倒是简宁，她的脚踝骨粉碎性骨折。

在医院里见到她，她依旧没心没肺地说笑打闹，做出一种无所谓的姿态，我看了觉得很难受。我明白，她是怕我难过，怕我心疼，刻意做出来的。

有一次我去看她时，听到她在梦里喊我的名字，我的心瞬间被幸福溢满。简宁睁开眼睛，看到我时，脸竟然红了，那种羞怯的神情激起了我心中的涟漪。她撒娇地说："天天躺在这里，我都快变成小肥猪了。"我打趣道："胖了好啊，还是你懂得我的心思，知道我喜欢胖丫头。"我拉过她的手，握在手里说："在这里好好养着，再长胖一些，乖乖地等我回来。"简宁惊诧地问我："你要去哪儿？"我说出差，过几天就回来。简宁听了默不作声。我笑："是不是舍不得我啊？你承认了，我就不去了。"简宁别过头去不理我。

天使不跳舞

一周之后，我从北京回来，兴冲冲地跑到医院，只是我再也没有见到简宁。护士说，我来过之后的第二天，她就出院了。

想不到简宁会如此的绝情，竟然和我不辞而别。我发疯般的满世界寻找简宁，可是一点消息都没有，打她的手机，已经停机了，除此之外再也没有一点办法。她像一个过客，从我的世界里走了一趟，可是我再也不是从前的我。

我终于明白，她是故意避开我的。

在公事本里,发现了简宁的一个信箱,我像抓住了一根救命的稻草,把我的想念和牵挂写下来,发给她,可是我从来没有收到过她的回音。

半年之后,我收到了简宁发自丽江古城的明信片,报平安的,说她很好,长胖了,已行至丽江。尽管只有寥寥数语,却让我欣喜和安慰。之后每隔几个月,就陆续收到她发自贵州、青海等地的明信片,然后渐渐的,就再也没有她的一点消息,她仿佛是一滴水融进了大海里,一缕阳光融进了明亮之中。

没有了简宁,日子过得像咖啡里少了糖,像菜里忘记放盐。又到了秋天,木樨花开得满城都是,淡淡的香味充斥着每一个角落,可是那个有着木樨花一样笑容的女孩,她在哪里?

一天下班后,在人来人往的商业街上,我看到了一个寂寞而孤单的背影,我的心抑制不住地狂跳起来,不用看我也知道她是谁,只是她走路的时候,脚有点跛,尽管很轻微,只有细看才能看出来,可是那怎么能逃出我的眼睛,她的每一步都踩在我的心上,踩得很疼,踩得我流出了眼泪,她的脚跛了,是因我而起。

我在她的身后喊:“简宁!”那个背影迟疑了一下,脚步越发地加快了,可是跛了的脚越发显得严重。我追上去,扳住她的肩,她停下来,慢慢地转过脸来,早已是泪流满面。

她真的是简宁。我的简宁。她越发清瘦了,脸色苍白,像一株不曾经过风雨的植物。我的目光渐渐地落在她的脖子上,她的脖子上戴着那年在拉萨的贡嘎机场我送给她的拇指大小的镶银小匕首。我痛惜地说:“简宁,你要逃到什么时候?我找你找得很辛苦。”

简宁抿住嘴唇,很努力地使自己平静下来。她说:“我的脚跛了,再也配不上你了,你需要的是能进得厨房,出得厅堂的女人,而不是我，你需要的是完美的爱人，而不是残缺的。你找了我，人生的舞步会从此变得凌乱不堪。”

她的话让我心痛，我打断她：“天使不跳舞，天使是陪着我一起快乐的人。我要你亲口告诉我，你从没有喜欢过我，我才死心。”

简宁看着我，眼泪簌簌而落，违心地说：“我是没有喜欢……”我慌忙用手指抵住她的唇，她没有说完的半句话，生生地咽了回去。

原来简宁从上次摔伤了脚之后，再也没有去别的城市旅行，那些明信片都是她托同学寄来的，为的是怕我挂念她，也为了证明她已离开。因为爱，所以低到尘埃里；因为爱，所以放手。

我捉住简宁的手说：“你该明白，我的世界里没有了你，才是残缺，爱不是天平，只有两端相等才会平衡。我理解的爱为包容和给予，是着火时，你的无畏，是受伤时你的默默离去。其实你比我更懂得爱的含义，给我一个机会，让我爱你。”

简宁笑出了一脸的泪花，像秋天带着露珠的木槿花。

和二手男人谈谈情说说爱

一

倪晓薇和唐柏年其实只隔了一道玻璃的距离,看似很近,其实很远。唐柏年在玻璃屋里面办公,倪晓薇在玻璃屋外面办公,两个人的目光常常会在抬头的间隙,在半空中相撞,电光火石间,倪晓薇的心中一凛,那感觉,有点酸,有点疼,也有点柔情蜜意。她抚着胸口,目光虚弱地转向别处,她不敢看他的眼睛,她怕自己会在那深潭一般的眼神中淹没。

唐柏年是个好男人,斯文、儒雅、能干、善解人意,待人处世是那种千帆过尽的坦然自若,不会人喜而喜,也不会人忧而忧。同事一年,倪晓薇发现自己渐渐喜欢上这个低调沉稳的男人。唐柏年的好,不是用言语所能形容的。

一起出去应酬客户,那个色眯眯的胖子抓住倪晓薇柔嫩若无骨的小手不放，声言只要倪晓薇连干三杯，立马签合约。倪晓薇看着那满满的三大杯白酒，哭的心都有，但不喝的念头却很清晰，哪怕被公司辞退。

双方对峙着，气氛很尴尬。

倒是唐柏年拍了拍胖子的肩膀，不紧不慢地笑着说："喝酒是咱们男人的事，何苦为难一个女孩子家。来，今晚我陪你，一醉方休。"

一句话倒让那色眯眯的胖子有些不好意思，不再强迫倪晓薇喝酒，两个男人推杯换盏，这下可苦了滴酒不沾的唐柏年，他除了喝掉自己的那份，也喝掉了倪晓薇的那份，连夜住进了医院，医生说胃出血。

倪晓薇守在病床边，红了眼圈，哽咽道："都是我害得你喝成这样。"唐柏年就笑了，拍着倪晓薇的手，有如兄长般，开玩笑地说："别傻了，关你什么事？是我太不像个男人，喝点酒就喝到医院里，你别笑话我才好。"

那一夜，倪晓薇在医院里陪唐柏年一直到天明，并没有回家。两个人第一次那样近距离地待在一起，慢慢地说着话，倪晓薇伏在病床边，居然睡着了。

后来，倪晓薇才知道，那天晚上，唐柏年之所以让她留在医院里，不怕被人说闲话，是因为担心她一个单身女子，深更半夜回家，路上不安全。

不是没有感动，倪晓薇又不是铁石心肠的女子，相反，倒是细腻温婉，柔情百转，唐柏年的好，就那样一点一滴的，记在心里。

有一次，是年底，倪晓薇跟着唐柏年去回访客户，跑了整整一个下午，倪晓薇实在跑不动了，在下楼梯的时候，不小心崴了脚，疼痛袭来，倪晓薇皱着眉头，慢慢蹲了下去，坐在台阶上，心中百感交集，风一吹，眼泪缓缓地流出来。

走在前边的唐柏年一回身，不见了倪晓薇的身影，回身来找，转过楼角，发现倪晓薇坐在台阶上，抱着脚在流泪，他忍不住笑了："晓薇，怎么哭鼻子了？"

倪晓薇的委屈忽然间像洪水一样，滚滚而来，眼前的这个男人，只是她工作上的搭档，除此之外，什么都不是，他怎么会懂得一个年轻女孩的心事？那份欲爱不能的隐忍很折磨人。

这一切都因为唐柏年是个二手男人，身边有一个五岁的男孩，倪晓薇没有勇气一结婚就成为一个五岁男孩的后妈，更何况她的父母也不会同意她和一个二手男人瓜田李下地说不清楚。

二

倪晓薇抱着受伤的脚，赖在台阶上不肯起来。唐柏年绕着她走了三圈，最后咬牙跺脚下决心，说："我家离这儿不远，隔着一条街，家里有跌打酒和止疼膏，我把你背回去，按摩一下，贴上止疼膏就好了。"

原本想要赖到底的倪晓薇听说可以缓解脚伤，只好乖乖地趴到唐柏年的背上，两个人夹在来来往往的人群里，倪晓薇心中有了错觉，这条路，如果长到一辈子走不完该多好！

感慨了一会儿，她还是忍不住调皮地说："领导，昨天晚上看电视没？有一个台演小品《猪八戒背媳妇》。"唐柏年就笑了："傻丫头，你吃亏了。骂我是猪八戒啊？可惜我没有一个这样漂亮的媳妇啊！"倪晓薇忽然醒悟，自己竟然把自己绕了进去，脸上不禁发起烧来。

唐柏年的家不大，一百平方米左右的样子，但很干净，看不出是一个单身男人领着一个孩子过日子。

倪晓薇第一次来，忍不住左看看，右看看，门边的五斗橱上有一个精致的镜框，里面有一张照片，唐柏年牵着一个小小的孩童，在公园的草地上，阳光白花花地洒下来，两个人脸上的笑容，很灿烂。倪晓薇仔细地看了看两只牵在一起的手，大手牵小手，多么幸福的瞬间。

唐柏年的推拿真的不怎么样，太业余了，但态度倒是很好，轻柔、认真。他轻轻地褪去倪晓薇脚上的丝袜，涂了跌打损伤的药酒，捧着倪晓薇的纤细裸足，动作轻柔地按摩起来。也许是紧张的缘故，他的手心里竟然微微地潮湿起来。倪晓薇盯着唐柏年看，近在咫尺，几乎能感觉到对方呼吸的韵律，唐柏年有些慌，鼻尖上冒出细密的汗珠。唐柏年问她：“你看什么啊？我脸上结出大米了？”倪晓薇的呼吸急促起来，她仰着脸看唐柏年，近乎梦呓般的说：“可以给点氧气吗？”没等倪晓薇说完，唐柏年就俯身过来，舌头像一条小鱼，迅速游进倪晓薇的嘴里……

两个人你侬我侬之际，有人敲门，倪晓薇吓了一跳，抽身退至阳台边上，看唐柏年养的那些花花草草。唐柏年去开门，居然是五斗橱上照片里的那个小人儿回来了。唐柏年显然也很吃惊，他蹲下身问：“小糖，今天不是周末，爸爸又没去接你，你怎么回来了？”唐糖说：“老唐，我有些不舒服，幼儿园的阿姨送我回来的。”唐柏年抬头往门边瞅，果然唐糖的老师站在那里，他道了谢，关上门，拉唐糖过来见倪晓薇。倪晓薇紧张得喘不过气来，大脑飞速地旋转起来，不知该如何应对这个小孩子。

唐糖长得虎头虎脑，眼神清澈，很可爱，可是看倪晓薇的目光却充满了敌意。他看看倪晓薇，稚声稚气地问唐柏年："老唐，是你女朋友吗？"

倪晓薇失笑。没等唐柏年给他回复，他又匆忙跑去卫生间，搬了一个小凳子，踩上去，拿了一面小镜子，回身跑过来，递给唐柏年，说："老唐，不是我说你，你这么大人了，脸上怎么那么脏，是不是偷吃冰淇淋了？"

倪晓薇转头看唐柏年的脸，不看则已，一看也忍不住笑出来，唐柏年的脸颊上，有她刚印上去的口红印子。唐糖摇着他爸爸的手，自说自话地纠缠起来："我也要吃冰淇淋，我也要吃冰淇淋！"

两个人面面相觑，最后，忍不住都笑了起来。

三

二十七岁的倪晓薇，在母亲眼里，仿佛秋天里剩下的最后一棵大白菜，恨不能立时把她给嫁出去。

一大早，她老人家一边在餐桌边剥香橙，准备榨汁，一边嘟囔："嫁二手男人，我肯定不同意。第一，我丢不起这个人，老倪家的女儿又不比别人差，千挑万选最后嫁了个二手货，传出去，我没脸见人。第二，二手男人肯定都有毛病，二手货都是人家淘下来不用的，二手男人又能好到哪里去？第三，二手男人结婚后，老是拿你跟他的前妻作比较，而且一进门就升级为老妈，你受得了吗？"

老妈的理论一套一套的，也不知是哪里淘来的，虽说武断了些，但也有她的道理，说得倪晓薇心烦意乱，草草地喝了一杯橙汁之后，就被老妈拽着去相亲。

对方是父亲同事的儿子，姓傅，刚刚留学归来，手里攥着张医学博士的文凭，很抢手。傅博士的确很优秀，博学，儒雅，多金。倪晓薇的母亲喜欢得不得了，怎么看都觉得他前途不可限量。

好虽好，但倪晓薇心有所属，所以对他并不感冒。倪晓薇埋头对付眼前盘子里的牛排，傅博士只好给她母亲大讲海外见闻，讲得倪晓薇的老妈一愣一愣的，一句话也插不进去。

场面很热烈，气氛其实很尴尬。

倪晓薇正对着牛排苦思冥想脱身之计，忽然一只红色的皮球滚到脚下，一个五岁左右的男孩子跑过来拿球，他捡起皮球，抱在怀里，歪着头，看看倪晓薇，又看看傅博士，大概是傅博士含情脉脉地看倪晓薇的样子惹恼了他，他在安静的西餐厅里大喊起来："老唐，老唐，你快点过来，你的女朋友跟别人约会呢！"

很多人纷纷转头往这里看，傅博士的脸紫涨得像猪肝，他不知所措地看着也有些抓狂的倪晓薇的老妈，很洋派地耸耸肩。倪晓薇抓住唐糖的手问："你怎么在这里？你爸爸呢？"倪晓薇的老妈脸上挂不住了："你这孩子，怎么胡说八道的，你们家大人呢？"

正闹腾着，唐柏年快步走过来，看见倪晓薇和她的母亲都在，他心中一怔，但还是很坦然地跟倪家母女道歉："小孩子家不懂事，搅了你们的雅兴，改天我请你们，算是赔罪。"他又转头跟傅博士握手，说："晓薇是我同事，很好的一个女孩，别因为小孩子的话而影响你的判断力啊！"

傅博士倒很有一套，他有些傲慢地用英语接唐柏年的话，意欲给他一个下马威，让他知难而退。谁知唐柏年的英语说得也很流利，对答自如。

这样一来，不仅没有把唐柏年比下去，相反倒给了别人一个露脸的机会，傅博士显然有些沉不住气了，先行告辞离去。

好好的一场相亲，被搅得不欢而散。

回去的路上，倪晓薇的母亲怎么也搞不明白，先前还说国语的傅博士，怎么唐柏年一来就开始说外语了呢？倪晓薇笑道："您老不明白的事情多着呢。"倪晓薇的母亲自言自语道："这唐什么来着，看起来还不错，外语说得也很流利，比傅博士也差不到哪里，可惜他是个二手男人，可惜他还有个儿子。什么东西一旦沦为二手，就不值钱了。"

倪晓薇也不接她的话茬，任她老人家一个人在那里叽叽咕咕。

四

午休时，倪晓薇趴在桌子上看一本时尚杂志，杂志上讲了一个故事，一个男孩和一个女孩隔着时空相恋了，见面的时候，都很疯狂，结果一人准备了一个安全套，两个人都以为对方是情场老手，一段真心相恋的感情，在信任危机中终结。

倪晓薇看得唏嘘不已，想起自己跟唐柏年，虽没有什么承诺，但内心里早已生出一份默契，不会因为相亲事件而疏离吧？抬头时，发现唐柏年隔着玻璃墙正在看自己，看得她心都碎了。老妈下了最后通牒：唐柏年再好，也是个二手男人，再敢和他眉来眼去，就辞职走人，这个方寸不能乱。

这个节骨眼上，桌子上的电话忽然响起来，倪晓薇丢掉杂志，抓起电话，居然是唐柏年。两个人拿着话筒，隔着玻璃看着彼此。唐柏年问："在干吗？一会儿蹙眉，一会儿傻笑？"倪晓薇笑了，说："我在想，你的外语怎么说得那么流利？平常也没见你说啊！"唐柏年也笑了，似有抱怨地说："有条花边新闻说，两个女人在飞机上吵架，动用了七国语言。我当然不会去跟人吵架，但也要学点外语防身啊！以备不时之需，被人考的滋味不好受。"

倪晓薇忍俊不禁，知道他是影射上次的相亲事件，到现在他还耿耿于怀，说到底，大家都是红尘中人，谁都无法做到真正的清高，不疼痛是因为不够爱，不介意是因为不挂怀。

晚饭时母亲还好好的，有说有笑，还看了一会儿电视，谁知后半夜，腹部剧烈地疼痛起来，倪晓薇被母亲一声高过一声的呻吟吵醒了，看着母亲蜷缩成一团的痛苦状，慌了手脚，打电话给在外地的父亲，父亲说："你这丫头当真傻了，赶紧打'120'啊，我办完事马上赶回去！"

倪晓薇来不及多想，给"120"打了电话之后，就给唐柏年打电话，想不到他的手机居然二十四小时开机，更想不到他比"120"的速度还快，先行赶到倪家，身边还带着那个睡眼惺忪的小尾巴唐糖。

看到唐柏年，倪晓薇的心就踏实下来了，不管有什么事情，只要有唐柏年在身边，什么困难都会迎刃而解。

到医院一检查，倪晓薇的母亲患了绞肠痧，疼痛的时候简直能要人命。唐柏年请了几天假，指挥倪晓薇和唐糖一起照顾倪母，衣不解带，侍药奉汤，人累得瘦了一圈。居然有病友艳羡地对倪晓薇的老妈说："你真是好福分啊！儿子、媳妇那么孝顺。"老太太一得意居然忘记了唐柏年是二手男人，纠正人家说："那是我女婿呢！"

得到倪晓薇母亲的首肯，唐柏年欣喜地跑去买来玫瑰和钻戒，向倪晓薇求婚，唐糖老气横秋地感叹："老唐，向你女朋友求婚可以，但是我以后就苦了，你的爱分成了两份，给我的就少了。”唐柏年纠正他：“小糖，此言差矣，以后除了我给你的一份爱，还有一个人也会关心你，爱护你。”

唐糖瞪大了眼睛说：“真的吗？你女朋友给我一份爱，你不会吃醋？”唐糖一副小大人的模样，引逗得大家哄堂大笑。

私底下，倪晓薇问母亲：“怎么突然间转变了态度，肯接受这个二手男人了？”倪母说：“别傻了，二手男人有什么不好？二手男人就是一部磨合好的车，你再开的时候，省去了磨合之苦。二手男人心细会照顾人，虽然燃烧了一遍，但只要你给他点火星，他就会温暖你一生。”

倪晓薇不认识似的瞪着老妈说：“住了几天院，歪理一套一套啊！”老妈伸出一根指头，在她额头上戳了一下说：“看什么看？杂志上都这么说，不过想想也挺有道理。”

幸福的距离有多远？其实只是一层窗户纸。

与爱情有染

一

认识维扬纯属偶然。

苏格带我去她家里玩儿的时候，在门口碰到过他，他出门倒垃圾，门不小心被风给关上了，他站在门口发呆。他身上有一股浓重的忧郁气质，脸色苍白，手指细长，两只手不停地搓着，眼睛却看着我，看得我有一些心跳。苏格拽着我进屋，小声说，别理他。伸出一只手指，指着脑袋示意我说，有病。

我疑惑地看着苏格，认真地说，不会吧？我觉得不像。苏格笑了，说，你就没看出来，他像个花痴似的？我笑了，你这张嘴啊，真是刻薄，等将来有个厉害的男友管着就老实了。苏格指着我，笑得软倒在沙发上。

在苏格的家门口和维扬相遇的次数多了，渐渐地熟了起来，去过两次他的房间，他的房间很大，简单地摆着几样东西，钢琴，玻璃钢的CD架，绿色的橡皮树。我客气地跟维杨攀谈起来，想不到你是音乐方面的专业人士。维扬忙站起来说，哪里，我大学里学的是音乐专业。

回到苏格的家里，苏格撇着嘴说，什么专业人士，充其量不过是个发烧友而已。我忙说，我没看出来，我倒觉得他是个有礼貌的好青年。苏格夸张地说，完了、完了，你中毒了。

二

有天中午，因厌倦了公司餐厅千篇一律的午餐，和同事小赵偷偷地溜出去，在日本人开的店里吃寿司。回来后刚刚踏进办公室，我的顶头上司盛放别有用心地大喊，刚刚派出所打电话来找你，让你马上去一趟。他这一嗓子不要紧，办公室里立刻安静下来，很多双眼睛一起盯着我，我开始相信目光能杀人的老话。

到了派出所，我就看到维扬，他清瘦了许多，下巴上是青青的胡茬，满脸的沧桑，像是一宿没有睡觉的样子。

一个年轻的警察把我训斥了一顿，你老公今天早晨在公交车上调戏良家妇女，被人家告到这里，你去办理手续，然后把他带回家里，好好看住了，不然不知道会有多少年轻的女孩子会遭殃。

我的脸烧得像吃了生姜，暗暗出了口气，心想，幸好我不是他老婆，不然跳到海里喂鱼算了。

出了派出所，我径直回公司去，步子又快又急。维扬跟在我的身后，眼神像一个无助的孩子，他说，你能不能给我一个机会，听我解释。

我头都没回，武断地说，出了这种事儿，你该回家跟你的太太解释，而不是我。他说，不，我没有太太，所以只想解释给你听。

没有必要，我又不是你什么人。

你不听，我就一直跟到你的公司去。

我哭笑不得地停下脚步，维扬还没有开口说话，脸倒是先红了，他说，今天早晨的事儿真是天大的冤枉，不是他们说的那样子的，我承认平时见了美女便想入非非地挪不动步，可是今天不一样，为什么就没有人相信我呢？今天早晨在413路车上，那个美女正在执行出口任务——掏人家钱包，我只是想制止她，而不是想调戏她。

你不跟警察说，却在这里跟我啰唆，即便我相信你又如何？也不能还你清白，何苦把自己说得跟英雄似的？

维扬见我不信，急得就差对天发誓，他说，别人信不信都无所谓，我只要你相信我，他一边说一边抓住我的手。

我使劲抽出被他捏得生疼的手。

回到办公室，盛放瞅着没人的机会，意味深长地问我，没事儿吧？我笑道，没事儿，会有什么事儿？你盼着我出事儿？

盛放摇摇头笑道，你这张小嘴啊，什么时候也学得这么尖酸刻薄起来了。

我知道他对我很好，我也知道公司里的很多事，他都很照顾我，可是我也真的不想跟同事有什么感情瓜葛，更不想谈爱情。

三

有一天，维扬在电话中急切地说，我在海湾鲜城，你快来救我啊！

可是我正在上班啊，你还是找别人玩吧！我没好气地对他嚷。他便嬉皮笑脸地央求道，拜托了，你请假吧！来晚了，我有性命之忧。刚想问他到底发生了什么事儿，他那边已经挂了电话。

从我接电话的一刻起，我就知道盛放在他的办公室里，透过玻璃注视着我，我佯装不知道，哎，这会儿还得找他请假，但愿他不要为难我才好。

果然，找他请假比登天还难，被他盘问得体无完肤，赶到海湾鲜城，维扬在那里已经等了两三个小时，看上去像一只霜打的茄子，紫涨着脸，低头坐在角落里不语。我看了有点莫名地心疼，但说出的话来却是大不相同，我问他怎么了？

维扬像一个犯了错误的孩子一样，让我不忍心苛责于他。他说，我的钱包不知道什么时候不见了，吃了人家的饭，人家不让我走。

我就知道，你找我准没有好事儿。吃东西的时候不记得叫我，买单倒想起了我，笨蛋，你不会拿手机抵账啊，不然卖身也可以啊！

维扬听了，笑了起来，似乎忘记了眼前的窘境，我想卖身，只是没人要。用我的手机抵账是万万不可以的，我的手机五千多块，抵了二三百块的账单，岂不是很吃亏？

替维扬付了账，一起出了那家火锅店，阳光刺得眼生疼，我闭了一下眼睛，维扬趁机说，我请你喝咖啡吧？我疑惑地转回身看他，刚刚被我解救出来的人，还好意思说请我喝咖啡。他立即说，不过要你买单。

我忍不住一下子笑出来，叹气道，我看还是算了吧，刚刚请假出来，被扣掉薪水不算，还要替你付账，这会儿又要我请客，我看下个月我只有喝西北风的份儿了。

维扬不好意思地笑了。

在街上和他分手后，直接回公司，刚好下班时间，人都走光了，我拿了东西刚要走，发现盛放还在，他阴着脸从办公室里走出来，看见我，劈头就问，你去哪儿了？和你在一起的男人是谁？当心被人骗了，这个世界什么都不多，就是骗子多。

我气结，白了他一眼，问道，你凭什么跟踪我？

没有。是小赵看见你和一个男人在一起，很亲密的样子。

四

和维扬走得近了，似乎是最近的事儿。没事儿的时候，维扬打电话过来，让我去他那儿玩。大多数时候，我赤着脚，坐在地板上，听着他不知道从哪里淘来的旧唱片，那台旧唱机老得足可以做祖母，发出来的声音细细地发颤，令人心里发冷，仿佛穿过时光的隧道，站在光阴彼岸的风景，也像一个老祖母夜里磨牙的声音，让我身心备受折磨。

多亏我的神经还够坚强，在那些穿过光阴的声音中，建议维扬把这台旧唱机扔掉。维扬不舍，声言这是他最喜欢的宝贝。

我宁可看动画片或者跟电脑大战，也不想让耳朵受罪。这种时候，维扬会在厨房里做吃的，尽管他的厨艺很糟糕，

也跟维扬一起去看过一两次电影，光线暗淡的电影院里，零零星星坐着几对情侣，吓得我拉着维扬的手逃掉了。还是维扬的家里好，光线明亮、宽敞。

苏格说我的状态是和维扬在谈恋爱，我拒不承认。

去维扬家里去得顺了脚，有事没事儿便往那儿跑。一天，没有打电话就去了，在街上顺便买了维扬爱吃的凤爪。一进门我就傻了眼，一个女孩子，比我年轻，比我漂亮，脸上写满了稚气，却挺着一个极不相称的大肚子，声色俱厉，满脸泪痕地指着维扬，你够狠，这种时候抛弃我另结新欢，你还是不是人啊？

天啊，傻子也明白，那女孩怀孕了。

那女孩看到我进来，便停下来，不哭也不喊了，很安静地看着我。忽然觉得很郁闷，把凤爪递给维扬，便走了。维扬跟在身后，连声说，我向你解释，我……

我摇了摇头，现在我不想和这个叫维扬的人说话。

五

彼此没有承诺过一句和感情有关的话，我凭什么在这里心痛？周一去公司，刚好公司安排小赵去新加坡出差，她走不开，我便抢着替她去，趁此机会独自消化一下内伤。

一个月之后回来，我答应了盛放的求婚。苏格说，你早该答应了，盛放是只潜力股，很快便会升值。我暗淡地笑笑，没有人知道我心里想的是什么。彼时，在派出所里被一个年轻的小警察数落没有管好老公；在海湾鲜城，身无分文的他等着我去解救，滑稽而又狼狈。想起那些往事儿，我总会无声无息地笑出来。只是世事难料，总以为有些事儿不用说出来，彼此也会有默契，总以为他是懂得我的。

和盛放一起去天河幸福家私中心买家具，盛放什么事儿都依着我，我说买什么他便买什么，乖乖地跟在我身后。

盛放在跟售货小姐讨论折扣、售后服务等相关事项，我在旁边淡漠地看着，仿佛事不关己。一回头看到维扬带着那个女孩从旁边走过来，心莫名地抖起来。维扬看到我，径直走过来对我说，打你手机，一直不通。我说换了号，一直没有来得及通知你。

我忽然发现那个女孩子的肚子没了，我定定地看了有一分钟，失态是必然的。维扬忙说，那天忘了给你介绍，我妹妹，同父异母，戏剧学院表演专业的学生。

我痛楚地闭上眼睛，心抖成一团。我伸手拉过盛放说，我未婚夫，下个星期举行婚礼。

眼泪无声无息地漫上来，硬生生地逼回去，很难受。我挽住盛放的胳膊，幸福地依偎在他的肩头。

维扬于我，只是路上的风景，错过了便不可能回头。

一条在岸上游泳的鱼

一

一个人开车在路上。

洛洛在电话里撒娇，顾，你弟弟今晚会回来吗？我笑，他去深圳半年多了，你怎么每次都问起他？是不是想他了？洛洛吃吃地笑，今晚我去你那儿吧？这个小丫头诱惑得我心神不定。

正和洛洛调侃，忽见一个人影飘落到我的车底下，像风骤然卷起了什么，让我来不及多想，下意识地踩了刹车，车子蓦然停住，我瘫软在座位上，额上涔涔冷汗，手脚不听使唤。我伏在方向盘上，思维混乱，手机的耳麦里清晰地传出洛洛焦急的声音，顾，你在吗？在听我说话吗？我慢慢扯下耳麦，握在手里。

有人狠狠地敲车窗。我打开车门下去，周围已经聚了很多人，走到车前，看见一个年轻的女孩躺在我的车下，呼吸急促，大口大口地喘息，仿佛一条鱼被扔到岸上。

我长长地吁了一口气，情况没有想的那么糟，至少她还活着，并且没有见到预想的血腥的场景，让我平静了不少。

我蹲下身，轻轻地拂开她脸上的长发，是一个清秀苍白的女孩，很年轻，五官的轮廓清晰。那是我第一次见到林小曼，我傻傻地看着，她忽然睁开眼睛与我对视，吓了我一跳。

她一把抓住我的手喘息着说，顾，你去哪儿了？这么久，小曼到处找你。我愣住，天，她知道我姓顾，我指着自己的鼻尖有些傻地问，你认识我？

二

带林小曼去医院，一路上她都在不停地重复一句话，顾，别再离开我，好吗？她的语调中明显有乞求，她不惜放下女孩的矜持，一直低到尘埃里求我，让我的心温软起来，我点了点头，尽管上一刻我还不认识她，可是在她纯净如水的眼神里，我真的无法拒绝。

医生说，林小曼毫发未伤，只是犯了花粉过敏症，呼吸困难，碰巧倒在了我的车下，幸好我刹车及时，否则后果不堪设想。现在想起刚才的情景，依然让我心惊肉跳，虚脱了一般。

从医院出来，我问她，去哪里？我可以送你。以后有事情也可以给我打电话。说着我把手机号码写在小曼的掌心里。小曼毫无城府地牵起我的手，痴痴地笑，说，我饿了，想吃东西。我问她喜欢吃什么？她说，我喜欢吃你做的面条鱼。天，我有些晕，这道菜是母亲传下来的，细小白嫩的面条鱼，剁得碎碎的，加上葱花香菜，面粉调料什么，团成小小的丸子，在沸水里煮熟，然后配上细碎翠绿的海菜，煮汤，很琐碎，我只给洛洛做过，小曼怎么知道我会？这丫头像个小精灵，知道我的前生后世？

我只好带她回家。这是我新买的房子，地方有一点偏，但价格是我能承受的。弟弟是个特警，半年前借住在此，和我各居一室，但他却很少回来，常常出去执行任务，大多数时候，只有我一个人住在这里。

扎进厨房，穿上围裙给小曼做鱼丸，小曼在身后轻轻地抱住我，把脸贴在我的背上，我吓得一动不敢动，心说，待会洛洛来了，我纵然有一百张嘴也分辩不清。于是急忙掰小曼的手，可是怎么也掰不开，她的手指紧紧地扣在一起，环住我的身体。

她梦呓般的说，顾，别拒绝我，我找你找得很辛苦。我想你，很想，一直。我停止了挣扎，手软软地垂下来，小曼的脸贴在我的背上，我感觉到她哭了，我回过身，轻轻拭掉她脸上的泪，她顺势扑进了我的怀里。

三

小曼就像我做过的一个梦，许久之后，我仍然怀疑这个梦的真实程度。有时候和洛洛在一起，仍然会情不自禁地想起小曼，小曼柔弱的眼神，小曼软软的乞求，小曼喜欢咬我的手臂，小曼成了我心头的一块病，长在我的身体里，让我时时刻刻想起，情不自禁。

洛洛可能感觉到我的变化，尽量花时间陪我，不再拼命加班，期待升职。

休息的时候，洛洛拉着我上街，说是要给我买衣服，我不能拒绝她，三年来我习惯了听从她的命令，像只跟屁虫似的跟在她的身后，亦步亦趋。

在燕莎一楼的咖啡厅休息时，意外遇到小曼。她跟一个男人纠缠在一起，因为相距不算太远，所以我能很真切地看到小曼，她柔弱无助得让人心疼，扯住一个男人的胳膊说，顾，你去哪儿了？这么久了，小曼到处找你。那个看上去体面斯文的男人骂道，花痴，你天天在这里找顾，看见男人就喊顾，我不是你要找的人。说着狠命地甩被小曼扯住的那只胳膊，小曼站立不稳，被甩了出去，摔倒在一棵橡皮树下，额头磕在花盆的边沿，有血渐渐渗出来，蜿蜒流下，触目惊心。

起初，我以为是小曼和男友起了争执，所以不好插手，后来看到小曼的额头磕破了，我的心狠狠地疼了一下，忽地站起来，不顾洛洛的阻拦，奔过去给了那个男人一拳，然后撕扯在一起。是洛洛找来商场的保安，才把我和那个男人分开。

小曼的长发纷乱地飞舞着，不知道为什么，我会那么地心疼，轻轻地扶起她，小曼看见我，一下子就哭了，拥进我的怀里哽咽地问，顾，你去哪儿了？小曼到处找你。

洛洛恶狠狠地看着我和小曼，脸色渐渐苍白起来，目光中冷和恨纠缠在一起，她说，顾，我先走了，回头再联系。

此时，我不能丢下小曼不管，可是又不知道如何跟洛洛解释。只好对她说，路上小心。洛洛没有回头，我猜想，她一定对我失望至极。

四

又一次把小曼带回家里，给她换上我干净的衣服，宽大的T恤，罩住她孩子一般娇小的身体，她甩着两只长袖子，像唱戏的人甩水袖，碎步，婀娜。我呆住，傻傻地看她。

去街角的药房买了消毒的药水、棉球、创可贴，还有消炎药。

小曼安静地躺在沙发上等我给她处置伤口。消毒水擦在伤口上，小曼疼得闭上了眼睛，长长的睫毛微微地颤抖着。这个女孩，每一次见到，都让我有心疼的感觉，那么尖锐地刺中我，我曾怀疑，我是不是前世欠了她的债。

小曼很安静，前所未有的安静，处置完伤口，她的额头已有了细细的虚汗。她睁开眼睛，明亮地看着我，看得我心惊肉跳。半天，她叹了一口气，说，我知道，你不是顾，不是我要找的那个人。

送小曼回家，一路无语。

小曼的母亲与小曼的眉眼有几分相似，她用凌厉的眼神看我，像X光一样，仿佛一眼看穿我的五脏六腑。她走上前，一把打掉我牵着小曼的手，说，求你，别再来骚扰我们家小曼，她已经这样了，还不够吗？看在你们从前爱过一场，你放过她。

我被她这番话说得满头雾水，刚想说点什么，小曼摆摆手，说，妈，他不是顾，他只是和顾长得有点像。

小曼的母亲渐渐温和起来，语气不再那么尖刻，她说，谢谢你送小曼回来，她的脑子时而清醒，时而糊涂，我一时看不住她就跑出去惹事。都过去半年多了，她还是转不过弯，那个姓顾的男人也真够狠心，小曼怀了他的孩子，想生下来，他不肯，一走了之，这样薄情的男人再让我看到，我就用刀剁了他。

五

闲时常常想起小曼，遇人不淑，那样一个灵秀的女孩，竟然因为爱一个人，爱得身心受伤，怎么就有那样不知道惜福的男人呢？

小曼常常来找我，坐在小阳台的躺椅上，半天不说一句话，有时候坐着坐着就哭了。我不知道怎样安慰她，但我却知道自己有些喜欢她，甚至爱她。她上街的时候，我会陪在身边，怕她走丢了，怕她又把别人当成顾，被人欺负。她想吃面条鱼做的丸子，我就给她做，尽管很琐碎，但我不怕麻烦。每次吃完，她都会抚着胸口说，你做的跟他做的一样好吃，一副心满意足的样子。我很欣慰，希望自己可以医好她心里的伤，使她渐渐忘了那个男人。

洛洛来了几次，都遇到我和小曼在一起，她终于忍无可忍，逼着我做出抉择。说心里话，我有些舍不得洛洛，毕竟有三年多的感情。可是洛洛骄傲，独立，自负，在情感方面她不依赖别人，就是全世界的男人都负了她，她依旧会活得很好。而小曼不同，她情感纤细温婉，爱情是她一生的事业，仅仅一个男人负了她，她便活得丢失了自己。她什么都没有，只剩下一段支离破碎的感情和一颗支离破碎的心。

在感情的取舍上，我更倾向于小曼。其实洛洛知道，但她还是逼着我亲口告诉她我的选择，没办法，我只好对她说对不起，洛洛头都没回地摔门而去。

六

许久之后，收到洛洛的短信：听你亲口说出来，我才死心。再独立的女人，在感情上也会受伤。

那时候我和小曼的感情进展得很好，所以无心体会洛洛的话。小曼比先前开朗了很多，心情也好了很多，基本不再会认错人。有时候打趣她，她会掩着嘴痴痴地笑，歪着头问我，那时候我有这么傻？我刮她的鼻子，说比这还傻呢！她就佯装生气，不理我，抑或在客厅里追打我，我只好不断地求饶。

有一天我过生日，小曼亲自下厨，为我烧菜，我在客厅里思量着，怎样跟小曼表达我的爱意，忽然听到有人按门铃。

去开门，竟是我的弟弟顾亮，他夸张地嗅了几下鼻子，嘻嘻地笑，想不到我这么有口福，一回家就有这么多好吃的。我笑着在他的背上擂了一拳，这么多废话，快点洗把脸，过来吃。

小曼端着菜从厨房里出来的时候，忽然看见顾亮，她一下子就傻了，手中的盘子掉在地上，发出清脆的声音，那么刺耳。倒是顾亮，欣喜若狂地把小曼抱在怀里嚷嚷，小曼，你怎么知道我住这儿？当初走的时候很匆忙，加上这次出去执行任务要保密，所以没来得及告诉你。小曼看看我，又看看顾亮，一句话也说不出来，眼睛里渐渐地泛起了泪花。

我从座椅上弹起来，语无伦次地说，刚想起公司里还有一件事要处理，你们先吃。我不敢看小曼，我怕自己会在她的眼神中变得脆弱无力，抓起衣服和手机，匆匆而去。

其实我早该知道，面条鱼我和弟弟都会做，因为是家母亲传；那个男人姓顾，我也姓顾，并且和我长得很像。我想了一千种可能，可是就是没有想到，小曼从前的男友，竟是我的弟弟。

走在温软的夜风里，我的心，前所未有的茫然，鱼的眼泪在水里，我的眼泪在心里。

裙袂飘舞的夏天

一

三年前，江锦辉去人才交流中心替公司招聘，遇到了苏宁。像他们这样的德资公司，很受年轻女孩的青睐，应聘者众多，少说也有上百人。在众多女孩子中，江锦辉选择了刚刚毕业、看上去还有些青涩的苏宁，他自己也很奇怪，为什么会选择她，她没有工作经验，也不是那种很惹眼很漂亮的女孩子。

彼时的苏宁，忧伤，安静，看人时的目光带着微微的凉，像一条静静流淌的小河，纵有激流，也不会翻起浪花，又像一幅纯美的水墨山水，清冷，孤寂，永远没有油画的浓墨重彩。

江锦辉看着苏宁，忽然生出一种疼惜怜爱的感觉，说不出是为什么。苏宁梳短发，穿吊带小衫，有很多口袋的宽脚裤，目光纯净，有一口如贝壳一样排列整齐的牙齿，笑的时候，露出两颗小虎牙。

江锦辉用手指叩击着桌子，问她，有男朋友吗？苏宁咧嘴笑了，狡猾地反问，这个问题必须回答吗？江锦辉心虚地摇了摇头。

从苏宁进了公司，江锦辉的身后，便多出一条小尾巴，他走到哪儿，她跟到哪儿。吃饭，派对，约见客户，她都跟在他的身后，甚至他跟女朋友约会，她也跟去做电灯泡，害得他女朋友跟他说拜拜。苏宁安慰他，别难过，我再帮你找个好的，你以前那个女朋友，散了也好，我最看不惯她，把脚趾甲染成黑紫色，像中剧毒时的症状，而且没有爱心……

江锦辉打断她，也不用你帮我介绍什么好的了，还是你以身相许吧！我不介意吃点亏，将就你。

苏宁笑个不停，说，去你的，我才不跟你这样的花心大萝卜在一起呢。说着用身上背的小包丢他，咯咯地笑着跑开。

他看着她的背影发了半天呆。

二

说归说，疯归疯，江锦辉身边的女朋友换了一个又一个，但却从来不见苏宁的身边有男孩子，刚有男人对她表示好感，她就用冷漠和傲慢把人家逼退，胆小一点的男孩根本不敢靠近她。

江锦辉劝她，拜托你别像个男人婆似的，每天都穿着那条草绿色的破裤子，把男人都吓跑了。没事儿多去逛逛街，买几条漂亮点的裙子，把自己打扮得像花儿一样，才会有帅哥追你。苏宁从不穿裙子，至少在江锦辉的印象里，回忆不出她穿裙子的模样。

她忽然不笑了，皱着眉说，算了吧，我有你就足够了！

他不知道这话有多少玩笑的成分，依然以玩笑的口吻说，我们苏宁不会这么惨吧？要不要我帮你介绍个男朋友？她就一脸认真地说，那你帮我登个征婚广告吧？至少要有比尔·盖茨那样的智商，李嘉诚那样的财富，梁朝伟那样的眼神，才能打动我。江锦辉做晕倒状，天，苏宁，没有发烧吧？怎么开始说胡话了？刚想跟你说，我们楼里新搬来一个小伙子，人很优秀，算了，还是别说了，免得被你吓跑了。

江锦辉和苏宁成了无话不说的朋友，他曾经试图跨越朋友那道界线，再进一步，可是她装痴装憨，根本不给他机会。

苏宁有事，依旧会请他帮忙，他也很乐意帮她的忙。比如水龙头坏了，比如换灯泡什么的，比如公司年底举行的舞会，她仍然请他当她的舞伴，只是抱着穿了大肥裤子的苏宁，混在一堆穿曳地长裙的女人中间，他觉得滑稽，另类。

三

不过两三年的时间，苏宁就蜕出身上那股青涩的味道，她变得风情，妩媚，善解人意，再也不是以前那种小心翼翼很笨拙的样子，她变得像男人梦寐以求的那种理想中的女人。她像一棵开花的树，诱惑着身边的那些小蜜蜂，也诱惑着江锦辉。

她穿大红大绿，会穿出清新雅致的境界，不会让人感到恶俗，穿皮草也不会露出暴发户的粗劣，一大堆人中她总会成为焦点，手指甲上染了绿色的蔻丹，竟然与她的个性配合得天衣无缝，恰到好处。

这么多年,她依旧没有穿过裙子,春夏秋冬,一年四季都是裤子,变换的不过是颜色和款式。

苏宁也很能干,在公司里的销售业绩总是位居榜首,她总有办法把东西卖给她想卖给的客户,她的优秀全公司有目共睹,当然追她的男人也很多,她的身后足有一个排,可是她一个都看不上。

暮秋,苏宁过生日,照旧只请了江锦辉一个人。她亲自下厨,手忙脚乱地为他做奶油烤大虾、黄油鸡卷、水果沙拉,还有复杂烦琐的比萨,江锦辉带了红酒和鲜花。

渐渐地,就醉了,此时此刻,酒不醉人人自醉。又不傻,怎么会不知道彼此的爱慕,只是谁都不肯先捅破那层窗户纸。

苏宁起身放了一首慢曲,江锦辉趁机邀舞,两个人在暮色里,慢慢地舞,缠绵得令人窒息,空气里有了某种说不清的意味。时光不动声色地溜走,两个人挨得很近,听着彼此的呼吸,忽然就有些恍惚。

不知是谁先寻到了谁的唇,也不知是谁先吻了谁。甜蜜,忧伤,万劫不复。江锦辉抱着苏宁的小蛮腰,手不自觉地上下抚动,然后一件一件地剥苏宁的衣服,她穿了一条腰上系有细带的裤子,他一时情急抽成死扣,苏宁忽然醒悟过来,扯住裤子,尖叫着喊,不!然后夺门而去。

丢下江锦辉一个人在她家里发呆,他怎么也不会想到,苏宁在你侬我侬时,竟然歇斯底里地丢下他逃跑了。

四

在公司里再看到苏宁,两个人都有些尴尬。江锦辉的目光,追着苏宁里里外外忙碌的身影发呆，有同事笑，在背后拍他的背，他醒悟，脸上有些发烧。直到她拿着打印纸经过他身边的时候，低眉潋滟，温柔地说对不起。只是轻轻的一声，他的心便轰然而动，像一个受了委屈的小孩子，有了想哭的冲动。

隔天，单位里来了新上司，是总部派来的，令人意想不到的年轻，有着很好的家世与背景，受过良好的教育，长相也说得过去，公司里的小姑娘公然地表示对新上司的好感，也包括苏宁。

常常看到他们在一起，做事，吃饭，甚至约会。有很多风言风语传出来，苏宁只是淡淡地笑，并不理睬。

江锦辉心中不是滋味，夜里睡不着，想来想去，还是鼓足勇气跑去问她，她叹息一声，说，小时候，我非常喜欢祖母的那些花瓶，青瓷，碎花，清晰的纹理，细腻的釉彩，反射着冷凝的光，因为喜欢，就想抚摸，就想据为己有，然后失手打碎，一地的碎片。据说值很多钱，我吓得哭了，也不是吓得，那中间还有不舍不忍，很多，说不清楚。那些碎片，是记忆里的伤，以至于后来，不敢碰触，也使我懂得了一个道理，越是喜欢的东西，越不能据为己有，怕碎了。

她说了很多，可是江锦辉并不懂得她想说什么，觉得她是故意搪塞自己，觉得自己很笨。负气地离开，不理她。倒是苏宁，看不出喜还是忧，还是平常的样子，仿佛全然不挂怀，完全无所谓，江锦辉不由得感叹，都说女人无情，心狠起来，竟比男人还狠！

五

苏宁两天没有来上班，身边少了她这个小尾巴，江锦辉还真的有些不适，具体症状是：坐立不安，心慌意乱。勉强等了一个星期，仍不见她的影子，于是给她打电话，拿了手机，又放下，毕竟是自己不理她的。认识几年了，还是第一次这样闹别扭。

江锦辉叹了一口气，忍不住又给苏宁打电话，竟然没有接听。他慌了起来，跑去苏宁的家敲门。敲了很多下，才听到有人声，门开处，探出一张脸，是苏宁，蓬头垢面，面色憔悴，看到他，惨然一笑。他的心狠狠地疼了一下，紧张地抓住她的手问，怎么了？她轻描淡写地说，不过是感冒了，没有大碍。

他伸手摸了一下她的额头，烫手，也忘了找她吵架，埋怨道，怎么不给我打电话啊？想一个人躲在角落里自生自灭吗？苏宁听了，半天不语。

屋子里一片狼藉，江锦辉环顾一下说，像个猪圈，我帮你打扫一下，你赶紧换一下衣服，我送你去医院。

苏宁眼睛里汪着泪，兀自未落，去卧室换衣服，刚换了一半，门砰的一声被打开，是江锦辉，他想问苏宁扫帚在哪。苏宁套了一半的衣服，就停在那里不动了！

江锦辉先是有些羞愧，嘴里说着，我可不是想偷看你啊，眼睛还是忍不住看苏宁。苏宁的两条腿就那样赤裸地呈现在他的目光之下，他傻傻地看了很久，苏宁的两条腿，白皙，修长，很漂亮，只是一条腿正常，一条腿稍细。

他忽然明白，苏宁为什么一直不肯穿裙子，为什么一直和他保持若即若离的距离，她是怕碎了，是怕在他眼睛里的形象碎了，是怕爱碎了。他看到的，只是她乐观开朗的外面，其实并不曾真的了解她内心的伤痛。

苏宁把衣服兜在脸上，无声地啜泣。江锦辉扳着她的肩问，为什么不告诉我？苏宁说，我小时候患过小儿麻痹，只是比较轻微，留下了后遗症。我不告诉你，我们还可以在一起久一些，我告诉你了，爱就碎了。

江锦辉牵起苏宁的手说，别傻了，这并不是你的错，爱情来时，要勇敢地面对，真的错过了，你会后悔一辈子的。停了一下，他又说，我来就是想告诉你，我爱你，然后娶你。这几天，没有你在我身后当小尾巴，我还真的有些不习惯呢！

苏宁的眼泪落了下来！她说，我不想和你分开，更不想和你在一起之后再分开，我怕碎，所以，我们现在就分开吧！我不会怪你！

江锦辉的心中有一丝柔软漾开，但嘴里还是忍不住嚷嚷，别逼我演苦情，我可不想求一百次婚，你只要答应我一个条件，我们就不分开。

苏宁皱着眉问他，什么条件啊？江锦辉说，我要给你买很多很多的裙子，你要答应我以后穿裙子，我想看着你裙袂飘飘地走在夏天的阳光里。

苏宁偎在他的怀里，流满泪水的脸还是绽开了久违的笑容，她郑重地对他点了点头。

爱是一颗幸福的子弹，穿胸而过的时候，谁都愿意幸福地倒下，苏宁亦然。

说好天亮前分手

爱上你不是我的错

人要倒霉，喝口凉水也塞牙。先是和上司吵架，然后被迫辞职，找不到工作，整天在街上闲逛，像一个游魂。没钱可以豁出脸皮跟父母要，可是想恋爱了，却没有人可以爱，好男人是不会跟一个游手好闲、有些痞气的无业女孩在一起的。

没办法，父母帮我开了一间小小的花店，然后我像花痴似的爱上了来店里买花的安旭然。可这也不能怪我，我不是有意想插足的，要说有错也该是他，天天来我的花店买花，在我眼前晃来晃去，那么优秀的男人，想不爱都难。

不过有一点，说起来真的很让人难过，他买花从来不买别的花，只买玫瑰，只是玫瑰不是送给我的，而是送给另外一个女孩的。

那天傍晚，轻风和煦，天边堆满了红色的云，我的心情很好，因为那天是情人节，所以卖出去很多玫瑰花。想到情人节让我发了一笔小小的情人财，不由得心花怒放。我在花店里修剪花材，招呼客人，忙得不亦乐乎，偶然抬头，隔着玻璃，看见一辆帕萨特停在了花店前，然后安旭然从车上下来，走进了我的视线。

我停下手里的活，看着他一直走进来，说实话，我不相信一见钟情，一见钟情是最靠不住的，可是安旭然的确给了我异样的感觉，他还没开口说话，只看了我一眼，我的心便开始慌乱起来，那种心慌的感觉像是偷了别人的东西一般，让我无所适从。

安旭然的目光停留在我的脸上，我的心甜蜜、慌乱、微微地疼，以至于他跟我说什么，我都没有听清。

他又说了一遍，我要十一朵玫瑰花，麻烦你帮我送去，这是地址。我这才看清，他手里拿着一张小纸条，他的手指很干净，白皙修长，没有烟痕，也没有让人生厌的长指甲，我忍不住想去握那只手，可是终于没敢造次。伸手接过那张纸条，上面写了地址，后面是一个名字，伊莲。

我没有让伙计去送花，我想这一趟我要亲自去，于是骑上摩托车，戴上安全帽，带着玫瑰，一路来到了伊莲的家。

那是一个高档社区，周边的环境漂亮优雅，按响门铃，等了半天也不见开门，刚想走，门却突然开了，探出一张女人的脸，精致、妩媚、冷漠，没有半点烟火的气息，长发如海藻一般卷曲，缠缠绕绕地披在肩上，有一丝丝的凌乱，身上穿着低胸的白色半透明的睡衣，玲珑的曲线若隐若现，看得我耳热心跳。

转过身刚想走，忽然听到门后有人轻轻地问了一句，是谁？尽管声音很轻，但我仍然听得很真切，伊莲没有说话，轻轻地把门合上了。

我怀里抱着头盔，顺着台阶往下走，心中却想着安旭然，我替这个傻得不能再傻的傻瓜感到不值。

十二枝玫瑰中的一朵

安旭然依旧每天来买花，让我送给伊莲。我心里一直犹豫着是不是将我看到的一切告诉他。告诉他吧，似乎有些残忍，他的眼睛里闪着爱情的光亮，我不想让这一丝光亮由我来熄灭。不告诉他吧，心中又不忍他被那个女子当成傻瓜一般愚弄，因此左右为难。

最终我还是没有告诉他，人都有那么一点小小的自私，我也是。怕他知道了，就不再来我这儿买花了，不是为了赚他的钱，只是担心再也见不到他了。

以前他来买玫瑰，总是买十一朵，让我送给伊莲。熟了之后，他买玫瑰的时候，总会多买一朵，十二朵，等我包好后，他从里面抽出一朵递给我，开玩笑地说，别弄得像个男人婆似的，都没人敢送花给你，看在你天天为我服务的分上，这一朵给你。

我伸手接过来，拿在鼻子底下深深地嗅了一下，然后故作不经意的样子，顺手把花搁到一边说，我有一屋子的花，还用你送我这一朵？安旭然大度地做出无所谓的样子笑笑，实际上他也是真的无所谓，因为他的心只在伊莲身上，根本不会介意我对一朵花是不是在意，我心中恨极了他这样子的笑。

等他一走，我会立即把那朵花捧起来，宝贝似的插到瓶子里，然后趴在桌子上对着那朵花傻笑。这朵没有任何意义的花，即使一朵，便是我的春天。

去商业街最高的大厦给伊莲送花，才知道安旭然为什么会那么爱伊莲，爱到死心塌地。那天在写字间里见到伊莲，与在她家里见到她的样子判若两人。在家里的她透着蚀骨的风情，别说是男人，连女人见了都觉得心慌。而写字间里的伊莲，举手投足都是成熟的职业女性的魅力，合身的职业装，骄人的业绩，和男同事都有得一拼。

她接过花，只是淡淡地对我说谢谢。身上隐隐地逸出淡淡香水的味道。不知为什么，这个被我当成情敌的女人，我却恨不起来。

说好天亮前分手

安旭然打电话来的时候，我正在为销售额上不去而烦恼。尽管老爸是看我整天无所事事地在街上晃才给我开了这家花店，并不为赚多赚少，但既然我做了，就想尽自己的能力，做到最好。再比如安旭然，既然我爱了，就要把他追到手。现在既然他打电话来，自己送上门了，我还等什么？他在电话中含混不清地说，我在新开的“1936”酒吧，没有带钱，人家不让我走，你来接我。我听了心中窃喜，连忙说好。

天还没有完全黑透，我带了点钱赶到“1936”酒吧。一进门，我用目光巡视了一遍，安旭然坐在吧台前，头伏在吧台上。他的背影看上去那么孤单，那么让人心疼，像一个被遗弃的孩子。我走过去，轻轻地揉了揉他的头发说，你喝多了！他抬起头来看了我一眼，然后笑了，说，你坐下来，陪我喝一杯，不醉不归。

我犹豫着，不知道是不是该把今天在街上看到伊莲的情形告诉他，我今天在街上看到伊莲和一个男人从太平洋百货一起出来，那个男人轻轻地揽着她盈盈一握的纤腰，看起来很熟的样子，我猜想，他一定是我第一次给伊莲送花的那个黄昏，在伊莲的家里躲在门后的那个男人。

安旭然似乎知道我要说什么，他摇了摇头说，什么都别说，我知道。我的心刹那刺痛起来，他是在为伊莲心疼，而我却是在为他心疼。

把他送回到公寓，帮他脱了鞋子，盖好被子，又去厨房倒了一杯白开水放在床头柜上，然后回身想走，他却一把拉住了我的手不松开，我的手被他攥得很疼。他说，她做了我三年的女朋友，却没有你对我好，我不让你走。

他翻身坐起来，一把把我带到他的怀里，他说，天亮之前你是我的，天亮之后你还是你，好不好？

听上去很无耻，可是我却无法拒绝他，无法拒绝自己。

在他的怀里，我放弃了挣扎，很多次，我不都在渴望他的怀抱吗？可是却没有想到是在这样的一种情形之下。我渴望的怀抱是有爱的味道，而不是单纯的只有欲望的气息。

他温热的气息在我的耳边游移，弄得我痒痒的。他看着我，一直看着我，唇轻轻地落下来。

想起伊莲，那个风情万种的女人，她是我心中的一块病，让我不能抑制地在安旭然的肩上狠狠地咬了一口，留下一排深深的密密的齿痕。只有这样，我的心才会安稳，至少可以证明，这一刻，安旭然是我的。

我在黑暗中对着他笑，他的眼睛亮晶晶的，像被打碎了的水中的月光。

说好天亮分手，我还是我，背转过身，眼泪还是不可遏制地流下来，慌乱地穿好衣服，急忙推门而出，听到他在身后叫我，可是我停不下来。

我要和你在一起

日子忽然寂寞而安静起来，安旭然已经有一个星期没有来买花了，心中想见他，可是又怕见到他，那种矛盾的心情折磨得人日日不能安宁，有时候电话响起来，也会令我心惊肉跳。

一个人对着瓶中那朵已经干枯的玫瑰花发呆，那个暧昧的夜很久不能让我忘怀，想起来脸上便会发烧。我爱的男人，他却爱着别的女人，令我黯然神伤。

那个黄昏，轻风和煦，天边堆满了红色的云，我的心情不好，无聊地应酬着客人。一抬头，隔着玻璃，我看见一辆帕萨特停在了花店前，我的心瞬间被喜悦胀满。果然，安旭然从车上走下来。

我的心慢慢地从空中落到地上，因何而喜？他不过是来买花送给伊莲的，与我何干？

他一直走到我的面前，停住了脚步，我并不抬头看他。安旭然笑了，说，买十二枝玫瑰。我的心中一酸，眼泪差点掉下来了，我还是忍住了，我不能在他面前掉眼泪，于是冷冰冰地说，玫瑰卖完了，你去别家看看吧！

他用嘴朝着水桶中养着的一桶玫瑰，努努嘴说，那不是吗？不是傻了吧？有钱也不赚？

眼泪终于忍不住落了下来，我看着他的眼睛一个字、一个字地说，是的，我只是一个开花店的，没有如花的容颜，更没有骄人的身材，可是我却有一颗至诚的心，如果说我有错，那就是我不该爱上你，所以请你宽容些，以后别在来这儿买花了。

安旭然这家伙竟然嬉皮笑脸地说，我只买最后一束花，你不卖给我，我就不走。

我的心中胀满了酸楚，再也没有以后，我默默地把玫瑰包好，不小心竟被玫瑰的刺扎了手。伸手把花递给他，他竟不接花而是捉住了我的手，我使劲地甩，却挣不脱，手腕被他牢牢地扼住，我没好气地说，不是说好天亮以后就分手吗？我可不是别人受伤时的药。

安旭然拿过那束玫瑰，从中抽去一朵扔进垃圾桶里，剩余的十一朵塞进我的怀里，说，送给你。

我抱着满怀的芬芳，眼泪滴落在花瓣上，仰着脸问他，你确定没有送错人？他摇了摇头说，其实我和她早就分手了，后来来买花不过是为了看见你。说着他附在我的耳边低声道：我终有千日不好，还有那一晚上的好……

我扑上去，在他的肩上咬了一口，一边温柔地对他说，再敢胡说八道，我咬死你。

谁是谁的一生

一

我和易安相遇的那年夏天，天气非常的热，人们疯狂地往海边涌，清凉的海风，跳跃的浪花轻轻抚慰着心中的闷热和浮躁。

朋友新买了数码相机，对着海边的美女狂拍不止，我抢过来，对着镜头看，易安就是那个时候闯入我的镜头下的，她穿着黑色的泳装，肌肤白皙，腰肢纤细，长发结成两只麻花辫，松松的，耷在肩上，顺着发梢滴下晶莹的水珠，红唇花瓣一样，微微地张开着，脸上的笑容像百合花一样清新。我被易安深深地吸引了，我在心中对自己说，我要这个女孩。

那年，易安外语学院毕业后，去了一家旅游公司做导游，而我在北京的一家科技公司做市场，负责把一个外国品牌的打印机打入华东市场。去上海出差，绕道回到故乡的海滨小城探望双亲，被朋友拉着去了海边,与易安“狭路相逢”,易安成了我的归宿。为了这个女孩,我辞了北京的工作,回到小城定居。朋友们都说我疯了,月薪万儿八千的工作就那样被我舍弃了,连同不可限量的前途。易安感动地抱着我掉眼泪,我点着她的鼻子说,傻丫头,别哭,我要和你在一起,一辈子。

一年后,我和易安结婚了。

二

婚后的易安,仍然做着她的导游,带着团天南地北地跑,也曾试图让她放弃这份工作,可是易安不肯,易安说趁年轻,再跑两年。

聚少离多的日子,让我感到索然无味,下班后不用急着往回赶,因为回到家中也是我一个人,寂寞就像空气一样与我形影相随,那份孤单,易安能理解吗?尽管她每到一个地方就会往回打电话,或者给我发短信,但那怎么能抵得住相守的幸福?

下了班,慢慢往回走,圣诞夜,人人的脸上洋溢着喜气,只有我一个人孤单地走在回家的路上。有时候我也曾想,这是我当初要投奔的生活吗?

天色暗淡下来,我顺路拐进了一个名叫哈瓦那的酒吧,推门进去,一种神秘的幽暗,灯光迷离,有一种乱花渐欲迷人眼的感觉,氛围放松而舒适。第一次知道小城还有这么好玩的地方,我找了一个靠近窗边的位子坐下,要了一支墨西哥原装进口的科罗娜,慢慢地喝着。

这是一个可以跳舞的酒吧,在这里可以看到纯正的拉丁舞、伦巴、萨拉萨表演，可以欣赏到纯粹的拉丁音乐，疯狂地扭腰摆胯，令人窒息的暧昧的空气，迷人的夜晚，让人有种血液沸腾的感觉。

我注意到对面的女人，纤细白皙的手指，手中握的，跟我一样，也是科罗娜，手臂支撑在桌子上，精致的下巴微微地扬起，眼神苍茫如水，茫然无意识地与我对视，并不回避我的目光。我饶有兴致地看着她，想不到小城里还有这样的女人，妩媚风情，可又冷漠淡雅。

我喝着科罗娜，想着易安，看着对面这个花样女人，心中的欲望被冰凉一点一点浇灭。时间缓缓地流淌着，渐渐地我喝得多了，眼睛看人已变成双影，醒来时已是凌晨两点，酒吧打烊，我踉跄地走出来，冷风一吹，人醒了大半。

三

回到家里，和衣躺在床上，竟然梦到与那个女人纠缠在一起，那个女人落花一般柔软的身姿，在我的怀里像化了的冰，温热成水，她的抚摸像故乡轻轻的炊烟，像天上淡淡的月光，像温柔的流水，让我的心战栗不止，她的亲吻像雨点一样轻轻敲落在我的心头，像舒缓的音乐让我心潮澎湃。

早晨醒来，发现自己原来是在梦中和一个女人温情缱绻，不禁失笑，看来我是想女人了，易安离开我太久，想到易安，我忽然觉得有些对不起她，尽管只是在梦里。

给易安打电话，易安咯咯地笑说，亲爱的，我在三亚，这儿是阳光、海浪和沙滩。

我这儿却是冰天雪地，阳光稀薄，出门要穿大衣戴手套，如我的心一样冰冷。我说，宝贝，想你。

易安没心没肺地说，亲爱的，长途电话贵着呢，我收线了，好好照顾自己。

易安这个傻丫头就这样把我丢在了电话的彼端，任我的心荒芜。

去哈瓦那酒吧，似乎成了我生活中唯一的希望和乐趣，潜意识中我是渴望与那个眼波如水的女人相遇，但作为一个男人，我却是抵制和排斥自己这种想法的，这种矛盾的人生实质上也是作为男人的矛盾写照。

终于抵制不住诱惑，隔了两天又去那家酒吧，慢慢地喝着科罗娜，散淡地看着跳舞的人群，这些人都是夜生活的精灵，忽然我的眼睛一亮，我看到了那个女子，她在一群人中独自舞着，感性的舞蹈语言，疯狂地扭动着腰身，冷漠的表情，勾起了我的好奇心，我的目光追着她。音乐渐渐舒缓，停了下来，她走到我身边的椅子上坐了下来，坦然地接住我的目光，没有丝毫的害羞。我递给她一支科罗娜，她伸出瘦削苍白的手，接了过去，只对我点了个头，连谢谢都没有说，仿佛相识已久，随意而散漫。

我知道了那个眼波如水的女子，她的名字叫方糖。在哈瓦那碰面的次数多了，渐渐地知道了彼此的一些事儿，她知道我是一个已婚的单身男人，而我知道她是一个跳舞的女人，每晚都在这儿等她的男友，也曾是她拉丁舞的舞伴，我问她那个男人什么时候能回来，她黯然地笑说不知道，我探究地看她，她苦笑说，他跟着别的女人去了温哥华。我的心中忽然升起一股莫名的苍凉和感动，为这样的女子，为这样物欲的年代还有一份真纯，为一个没有答案的人生，固守一份无望的等待，慢慢地消逝似水年华。

四

易安是在我毫无思想准备的情况下悄悄回来的。我回到家里，发现窗明几净，井井有条，舒缓的小提琴曲《苦砂》，轻轻地从CD中流淌出来，这首同名的歌曲，用小提琴来演绎，仿佛增添了许多内涵。喜悦刹那溢满我的心，我喊着易安的名字，易安从卧室里走出来，轻轻地拥住我，我奔过去抱住她，她在我的怀里掉眼泪，这个快乐的傻丫头，我极少见她掉眼泪。我用手轻轻地托起她的下巴，看着她眼睛问她，你怎么了？她含混不清地说，我是想你想的。我紧紧地拥住她，想要把她揉碎在我的怀里，揉碎在我的心里。

我把她抱起来，轻轻地放在床上，在舒缓的音乐中，我慢慢地俯下身吻她的唇，她的唇冰冷而没有生命力，我抬起头来看她，她的眼角有泪缓缓地坠落，我轻轻地为她拭掉泪滴，她坚持说是因为想我想的。

我说不清楚易安是怎么了，这次回来，她和以往的任何一次都不同，尽管她在我的怀里，可是我却觉得她那么遥远，遥远到我根本无法靠近。

之后，易安去浴室洗澡，她的手机放在床头柜上，手机上绿色的灯闪个不停，我知道是有短信进来，开始我并没有介意，可是易安洗澡的一个小时内，手机上的绿灯闪了有十几次之多，我终于忍不住拿起她手机，一条一条地查看，全部是一个叫风的男人发给她的，无尽的缠绵之情，烧得我的心隐隐地疼。

易安，我的易安，她和别人恋爱了。

没有吃晚饭，躺上床上吸烟，易安这个纯真的女孩，在我的心中由天使变成了女巫。

五

下班后，在街上漫无目的地溜达，到晚上八点钟，哈瓦那开始营业之后，我是第一个客人，要了科罗娜，躲在角落里慢慢地喝，方糖看到我，吃惊地问，你怎么了？我漫不经心地说，很好啊！这个眼波如水的女子就笑了，怎么几天不见，就憔悴了，胡子也长出来了，不是为了我吧？这种轻佻的玩笑从方糖的嘴里说出来，显得并不轻佻，但我还是忍不住跟她调侃道，我想吃方糖，甜甜的那种。方糖说，那还等什么呢？

一起出了哈瓦那，冷风一吹，彼此清醒了不少，方糖这个善解人意的女子，并不问我为什么，只是伸出一只手，牵住我的手，我能感觉到她手心的温暖，心中便滋生出沧桑的破碎感，忍不住声音哽咽起来，我说我不想回家。

方糖看着我淡淡地笑了，说，没出息。

我像一个无家可归的孩子，被方糖牵着，去了她的家。她的家是一栋日式的旧别墅，深深的巷子的尽头，一个小小的院落，旧旧的墙壁，木制的楼梯，踩上去发出咯吱咯吱的声响。方糖牵着我的手，一步一步上楼。

方糖坐在房间的一把旧木椅上，我坐在地板上，把头深深地埋在她的膝上，原以为会有着无尽疯狂的夜，可是却什么也没有发生。她讲了她和那个跳舞的男人的故事，而我讲了我和易安的故事，平静得像讲别人的故事。

那一个晚上，我只是不想回家。

六

第二天回到家中，易安抱着双臂，坐在客厅角落的地板上，头深深地埋在膝上，显然，她也是一宿没睡。看到她的样子，我的心仍然不由自主地痛了一下，我知道我仍然爱着这个女人，可是她不爱我了。

我走过去，轻轻地把易安揽在怀里，我吻着她的额头，轻轻地说，我走了，回北京，从此不再回来，你自由了。

易安的眼泪落了下来。

我吻她的眼泪，我说，我输得不甘心，我输得莫名其妙，可是说到底，是我输了。

易安的眼泪汹涌得制止不住。

我知道是我的话让她承受不住，我不是在故作姿态，既然我输了爱情，就不能再输了姿态。

回到北京之后，易安迅速嫁给了一个美籍华人，然后移民去了美国。这位美籍华人当初跟着易安的团去三亚，疯狂地恋上了易安。

一年之后，我去上海出差，在上海虹桥机场，接到易安的越洋电话，易安幽幽地说，当初你为什么不留我呢？说不定我会留下的。

抱着电话，半天，我没有说出一句话。

盛开的蓝色鸢尾

黑暗中藤缠树一样攀上他的身体

阳历五月，武夷山像一个千娇百媚的少女，绿涛如海，鸢尾如梦。我喜欢鸢尾，深蓝的花瓣，金色的娇蕊，安静地伏于枝头，像一只蝴蝶一样。

我和相处了半年之久的男友纪小城来武夷山自助游，住在竹海深处的木屋里。那天早晨，我对着一方小镜理妆的时候，纪小城炽热迷离的目光映现在我的镜子里，心中不由得一凛，有触电的感觉。他不由分说地把我揽进怀里，低下头吻我的唇，手也开始不安分，当他的手滑向我裤腰的纽扣的时候，我忽然清醒过来，一把打掉他的手，然后惊恐地把他推开，退后几步，审视他。

纪小城有些受伤，眼睛里的火焰渐渐熄灭，不无嘲讽地说，你是圣女，我是恶棍，纵然我是烈火，却点不着你这段朽木。他冷笑，声音似乎是从鼻子里面出来的，所有的愤怒都化为了冰冷，他骂我不解风情，他骂我心如坚冰，亏了还叫方糖这样甜腻的名字。

我却不知道该怎样跟他解释，其实我喜欢眼前这个比我小三岁的男人，青春、阳刚、健美，一颦一笑都带着性感。

刚认识的时候，不是没有离开他的想法，我害怕他得到我之后，弃我于不顾，到那时，将会是怎样的心碎成灰？所以每次他跟我亲近，也只限于拉拉手、拥抱和接吻，再深一点的交往，我给不起，每次看到他的眼睛里升起欲望的纱帐之后，我就会想尽办法逃之夭夭，理智告诉我，想要长久地留住纪小城，唯有跟他保持若即若离的关系，得不到其实才是最好的得到。

那一天，纪小城一直都在生气，晚餐的时候，我抓起纪小城的啤酒，赌气地往嘴里灌。他看着我直皱眉头，却也并不阻拦，这个小男人又犯了倔强的臭毛病，薪水不多，脾气不小，处处要我迁就他，偏偏我又舍不下他，这样想着，不由得又喝下一罐，直到纪小城一把夺下我手中的啤酒罐，狠狠地扔出老远。

我被他扶回木屋旅馆，双腿发软，脚步轻飘，醉眼朦胧，哭过笑过，指着他骂，你也是臭男人，一样不能脱俗。他一声不吭，给我盖好薄被，退回到自己的房间里。这小子，从不会乘人之危，哪怕此刻我渴望他温暖的怀抱。

午夜，口渴难耐，起来找水，找到他的房间里，趁着月光，看清楚他，高挺的鼻子，厚嘟嘟的嘴唇，睡梦里都皱着眉头，有一丝稚气，又有一丝刚毅。

我蹲在床边看了半天，看得眼泪流出来，不知道什么时候，我在他的身边睡着了，手臂搭在他的胸前，像藤缠树一样攀住他的身体。

当阳光明晃晃地斜进屋里，我听见一声尖叫，尽管不是那么刺耳，但我还是醒了过来，纪小城惊愕地把嘴张成O形，呆呆地站在床前，我知道，一定是我盛开在小腹的蓝色鸢尾花吓到他了。

盛开在小腹上的那一株蓝色鸢尾

在纪小城错愕的目光中，我找了一件衣服披在身上。我能理解纪小城的感受，玲珑的身体，优美的曲线，近乎完美的身材，白皙光滑的小腹上竟然盛开一株蓝色鸢尾，明显的色差，强烈的对比，刺目，妖艳，神秘。激光打印在小腹上的烙印，像火一样烫着了纪小城的眼睛，他注视着我，一眨都不眨，看了半天，才问我，你一直隐忍、躲避、逃离，都是因为这个文身？

我点了点头，抓起床头柜上小城的香烟，抽出一支点燃，狠狠地吸了一口，然后开始剧烈地咳嗽，一直咳到流出眼泪。

一直回避的往事，终于不得不面对，终于不得不撩开那层面纱。

多年前，我还年轻，在美院上课，独来独往，我行我素，画画的同时也兼做人体模特，以为那就是对艺术的奉献，全身心的，无私的。那时候，我遇到了年轻的摄影师浩，他总是眯着一双细长的眼睛在镜头后面窥视我，有一次他大胆地向我表白，我被那些燥热的情话弄得措手不及，丢失了分寸，成了他案板上的小羊羔。

六个月之后，我发现自己的身体里长出了一个小东西，我吓坏了，惊慌失措地跑去问当时35岁的浩能够离婚娶我吗？他想都没想就摇了摇头，我从他那冷漠的目光里看不到半点的温情，也是他的冷漠刺激了我，我坚定地告诉他，我会生下这个孩子。浩慌了手脚，他先是哀求我，然后是恳求我，最后是威胁我，我不为所动，他摇着我的肩说，你怎么这么固执，你这个疯女人！不结婚就带有一个孩子，对你有什么好？我梗着脖子说，我愿意。我以为这是对他的冷漠最好的回报。

浩狠狠地推了我一下，由于用力过猛，我被他推了一个踉跄，撞到桌角，顿时腹疼如绞，血顺着大腿往下流，摸一把，热乎乎，我站直身体看着浩傻笑。浩骂我，这个女人真的疯了。

我没有理他，给当时的男朋友朴小风打电话。这个男孩疯狂地爱我，而我却辜负了他。而此时，除了他，没有人能帮我。

朴小风来的时候，我脸色煞白地坐在那儿，浩也坐在那儿，他手足无措地催促我去医院，我就是不理他。小风看到我的惨状，忍无可忍，抓起桌子上的水果刀奔着浩扑去，浩死不死与我无干，可是小风，这个爱我成痴的男孩，我真的不忍连累他，所以上前挡了一下，那把水果刀不偏不倚刺在我的小腹上，小风发现是我，赶紧收手，已然来不及，尽管伤口不是很深，但还是有血渗了出来。

小风跺脚，你怎么这么傻啊？我笑，说，你才傻呢，没有任何人值得你为她进监狱。小风不语，把我送到医院，之后，侍汤奉药，尽心尽力。

出院那天，我没有告诉小风，我无法面对他，一个有着残缺的女孩怎么面对那样一个纯洁朴实的好男孩？怎样面对那份纯粹空灵的爱情？所以我逃了，遁了。

出了医院，我转身去了美容院，把小腹上的那道伤口文成了一朵妖冶的蓝色鸢尾，然后买了一张去外地的火车票，从此流落异乡，直到遇到小城。

纪小城默默地听着，直到我说完，他都没有插一句话。

欲望的马车驶向阳光底下的明亮

伤口揭开，固然很疼，但是，我也有了一种从未有过的释然。遇到纪小城之后，这些秘密在我的心中有如鱼刺一样，想告诉他却又怕伤害他，不告诉他，在他期待的目光中，我又觉得如同坐在油锅上，那份煎熬很难忍受，每一次，他的拥抱，他的温情，他的亲吻，他的期待，对我来说都是一种考验。

纪小城牵着我的手的手，有些潮湿和汗热，我知道是我的故事刺激了他，在他二十四年的青春里，怕是只有在电视上或小说里才能看到像我这么复杂的故事。我在他的手心里画了一个感叹号，然后说，小城，如果想离开我，我能够理解，毕竟我已不是清白的女子，那扇叫作幸福的大门早已为我关闭，尽管遇到你之后，我曾苦苦地撑着，希望幸福不会与我擦肩而过。如果你不要我了，我不会怪你的。

在那些山林竹海之中，纪小城停下了脚步，他看着我说，傻丫头，别胡思乱想，我不会不要你的，曾经的那些过往就让它过去吧！我会一如既往地待你。

我的眼泪涌了出来，当初我穷困潦倒，身心交瘁，遇到纪小城。他比我小三岁，在我的眼里还像一个孩子，稚气未脱。他在酒吧里调酒，是个调酒师，身家清白简单，职业学校毕业后一直在这家酒吧里工作。遇到我之后，他疯狂地爱上我，带我去吃小吃，带我去见他的朋友，带我去见他的父母，小城的生活中穿插进我的人生，让我既高兴又难过。

纪小城越是对我好，我越是想离开他，我这样的女子怎么能配上小城那样清白单纯的男孩？可是，我掉进他的温情和爱里，就像粘在蜘蛛网上的猎物，越想逃离，就粘得越紧，到头来，连我自己都知道，是我不想离开。

从武夷山回来之后，我和小城天天纠缠在一起，我一遍一遍地问他，你爱我吗？抑或你爱过我吗？每一次小城点头，我都会满足地笑。这爱情的盛宴，于我来说，只有一餐足矣。

下决心离开的那天早晨，小城抚着我的头发说，亲爱的，晚上回来送给你一个礼物。我点点头，问他，是什么？小城笑，暂时保密。

小城的神秘礼物令我心中生痒，几乎阻止了我离去的脚步。我看着他，眼泪流进心时，我知道此去经年，小城再也不是我的小城了。

两年之后，我去上海，中途在有小城的那个城市转机，踟蹰良久，我还是去了小城工作的那个酒吧，我太想念小城了，我管不住自己的脚步。

我没有见到小城，一个人默默地坐在角落里，侍应送来酒单，我忽然看到一款叫蓝色鸢尾的鸡尾酒，漂亮的酒单上有几个小字：酒味芬芳，记忆深处不能触摸的思念。

我的眼泪潸然而下，想起小城，当初，他那么热切地挽留，我却不顾一切地逃遁。固执地以为，没有人能够承载青春岁月的划痕，离开就是为了最好的留下，至少让小城把我留在记忆里，难道一切都错了吗？

色　诱

一

其实这个世界上没有如果。

如果我知道了故事的结局，我想我会放弃当初的开始。

苏小天的样子，我只看一眼就记住了，那种深刻的印象来自于他花花大少的松松垮垮的气质。

在一家叫“向日葵”的酒吧，和一帮朋友喝酒喝到醉，没有人肯送我回家，我扯住其中一个名叫苏小天的男人不放手，尽管我跟他并不熟，但我还是说，我要你送我回家！他打着哈哈说，我该去买彩票，这么多人，你干吗选中我？

我眯着醉意朦胧的眼睛看他，他长得既不高大，也不帅，小眼睛、小鼻子，五官并不精致，倒是气质还算干净，站在那里和一米七二的我的几乎一般高，可秦小路那个傻女人竟然怕他会甩了她，竟然怕他偷腥，这样的男人，如果不是有几文钱，谁会看上啊？

我朝着他的脸上喷了一口酒气，还忍不住打了一个酒嗝，带着一股酸腐难闻的味道，苏小天下意识地退后两步，我一下子失去了依靠，就在我摇摇欲坠的时候，苏小天又跨前一步，及时扶住我，他说，那个什么，你叫什么名字啊？把你的电话给我，我叫你的家人来接你。

他扶着我，像捧着一个烫手山芋，捧在手里也不是，扔掉也不是。我忍不住笑，笑得像一朵风中的向日葵，舌头发硬地回应他，我没有家人，不用打电话了，你把我放在花坛边上坐一会儿，风一吹我的酒就醒了。

苏小天犹犹豫豫地说，那怎么行？如果碰到色狼，你就麻烦了。我笑嘻嘻地说，那你送我回家吧？我会一辈子记得你的好！否则我真的遇上色狼，你会一辈子良心不安的。

苏小天泄气地说，你这孩子，算是赖上我了，遇到你算我倒霉。我争辩，我不是孩子了，我早长大了，你看我的腰，不够细？你看我的胸，不够丰满？你看我的嘴唇，不够红艳？苏小天恶狠狠地瞪我，你就别搔首弄姿、卖弄风情了，我也不是什么好人，小心我收拾你。我笑，你敢吗？当心被你老婆知道了，她还不宰了你？苏小天小声嘟哝，我才不怕她呢！

我暗想，怪不得秦小路要防着他，这家伙果然不是个好人，想不到这么快就上手。

苏小天很快把他的别克开到我的面前，把我扶上车说，油钱可要你出的！我唇齿不清地嘟哝，我没钱，把我自己抵给你吧？

在后视镜里，我看到苏小天的脸上掠过一抹不甚明了的笑容。

那一晚，以为会有故事发生，但苏小天坚持不肯送我上楼，我只能看着他开着车一溜烟地消失在我的视线内。

二

是秦小路通知我，说苏小天的公司招聘一名总经理助理，我心虚地问她，你说苏小天会要我吗？我看还是算了吧？秦小路说，做事情怎么能半途而废呢？乖，去试试哈，回头姐送你一串朱槿花的手链。

无奈我只好去苏小天的公司应聘，苏小天看到我，惊奇地问，你来干什么？我说应聘啊，别以为我只会喝酒，我可是正宗的学经管的本科生。苏小天说，那好，我们可是真刀真枪地看成绩，分口试和笔试两部分，英语过八级，都通过了就录用。我扭头吐了一下舌头，如果不是为了秦小路，我会来受这个罪，弄不好还会被苏小天考“糊”的。

还算顺利，苏小天最终录用了我。从此我成了苏小天的跟屁虫，他走到哪里，我跟到哪里，给他打文件，冲咖啡，陪他应酬。我用尽了办法，任性，撒娇，胡闹，生气，流眼泪，可是苏小天这个混蛋就是刀枪不入，我开始怀疑自己根本没有女人的魅力，白长一副好身材，白长了一张好看的脸蛋，怎么就收不服一个苏小天呢？急归急，但于事无补。

三个月之后，我慢慢安静下来，渐渐开始进入角色，竟然一板一眼地做起了苏小天的助理。

有一次签一份合约的时候，对方急不可耐地要举行签字仪式，我猜想这其中一定有什么见不得光的东西，就把合约带回家中，细细地看了一个通宵，终于被我发现了破绽，如果苏小天签了这份合约，会损失很大一笔钱。我兴奋得声音有些发抖，打电话给苏小天，苏小天说，等着我，我马上过去。

苏小天气喘吁吁地跑上楼，目光专注地落在我的脸上，我说，我去给你拿矿泉水，苏小天一把拉住我的手说，小辰，别走，告诉我怎么感谢你，你想要什么？我送给你。他第一次这么看着我，也是第一次这么亲近地叫我的名字，看得我耳热心跳。我说，我什么都不要，你可以吻我一下吗？苏小天点头，嘴唇轻轻地在我的额头上印了一下，我任性地说，不是这样子的，我教你可以吗？苏小天说不，我才不管他说什么，不管不顾地吻过去，他的唇有轻微的凉，不知道为什么，我会心动，心跳，心慌。

三

去杭州出差两周，开经贸会，苏小天让我去。我高兴得手舞足蹈，刚好趁此机会重游西湖。

一个细雨霏霏、烟尘朦胧的傍晚，我从西泠桥上下来，忽然接到苏小天的电话，他问我，小辰，你什么时候回来？我笑，说我才刚来两天呢！苏小天"哦"了一声，说忘记了，收了线。

我的心情忽然坏了起来，不可遏制地想念苏小天，这个念头日渐清晰的时候，连我自己都吓了一跳。

我食无味，睡不香，赤着脚在酒店的房间里走来走去，躲在窗纱的后面看月亮，我那么哀怨地想起苏小天，此刻他正躺在秦小路的大床上吧！臂弯里必定是那个柔媚百转的女人。

心中不可抑制地泛起酸水，那么难受。

午夜两点，我给苏小天打电话，苏小天猫一样轻手轻脚地躲进卫生间里接电话，声音小得我都有些听不清，想必是怕吵醒她老婆吧？

我声音寂寥低沉地说，小天，爱上你了，怎么办啊？我要嫁给你。苏小天说，姑奶奶，快睡觉吧！别瞎说了，我有老婆呢！

等不及会议结束，我收拾东西赶回来，第一个要见的人，就是秦小路，约了在“星雨”茶吧见面。看到她，我就迫不及待地说，我不做了，苏小天是个好人，我攻不下来，你换人吧！

秦小路央求，妹妹，你好人做到底，帮帮我，看看小天是不是很轻易地对别的女人动心，如果不是，我就放心和他好好过，我三十几岁了，人老珠黄，而且没有孩子，我对他真的是不放心，现在的男人没钱都学坏，更何况他有几文钱的人呢！

说到后来，秦小路哭了，小辰妹妹，我知道你喜欢上小天了，那不是你的错，他迷惑女孩子很有一套，我不告诉他你是因为我而刻意接近他。

秦小路摇我的胳膊，你帮帮我好不好？我认识你快一年了吧？这件事儿完结之后，我一次性给你两万元。

我无可奈何地点了点头，我忘记了自己的身份，忘记了自己的角色，我忘记了自己是一个贪财爱钱的女子，怎么可以把爱和钱混为一谈？

四

我去逛街，挽住苏小天的胳膊，像情侣一样在街上招摇。晚上去应酬回来，我会刻意拉住苏小天在巷子口拥吻，像初恋的少年一样狂热，我只想让秦小路知道，她的老公爱上了别人，她的老公也是吃腥的猫，只有她放手，我才有可能得到苏小天。

把游戏玩得动了真情，不能不说是很失败。

有一天，做完手里的事儿，我用胳膊支着头，透过玻璃看苏小天在接电话，很焦躁的样子，这个男人真的不帅，可是他的一举一动竟然会牵扯着我的心。

忽然手机响起来，是秦小路约我去“星雨”茶吧，说是有礼物送给我，而且要把那两万元也兑付给我。

跟苏小天请假，苏小天说，这么巧？我也要出去，如果你不是很要紧的事儿，就待在公司里。

我摇头说，很重要的事儿。苏小天问，要我送你去吗？我摇了摇头。

在“星雨”茶吧的雅间里，我看到了秦小路，苏小天也坐在那里，看到我很意外的样子。

秦小路笑，把一张两万元的支票递给我，说小辰，谢谢你帮了我，秦姐姐说话算话，这两万元是你的。不过姐姐提醒你一句，你真是个傻丫头，本来苏小天的钱很有可能都是你的，可是你却为了这两万元，而舍弃了苏小天的所有。

苏小天像看怪物一样看着我，他的眼神爱恨纠缠，看得我一阵阵发毛，一阵阵心疼，我的眼泪不听话地流出来。我说，小天，你听我解释。小天别转过头，说，小时候，妈妈让我吃药，我总不肯吃，后来妈妈就买来带糖衣的药丸，我含在嘴里，不肯吞，糖衣化了，剩下的只有苦。其实我很傻，不如原本就很苦，何必奢望那一点点糖衣上的甜？

我知道，再说什么，苏小天都不会相信我，我绝望地看着秦小路。秦小路说，你别怪我，我不利用你，我连苏小天的一毛钱都得不到，我也是没办法的办法。她把一叠我和苏小天当街拥吻，甚至是纠缠在一起的照片扔到桌子上，逼迫苏小天在一份不公平的离婚协议上签了字。

原来秦小路早就有了外遇，她和情人早已谋划好，一步一步拿到了苏小天外遇的证据，谋得了大部分家产，而我不过是秦小路的一颗棋子。

从此我再也没有见到苏小天，那个让我心疼的小天，听人说他移民加拿大了。

窃 香

一

遇到林熙那天，小想过生日。

她从门口进来的时候，小想正把一双玉手摊到我面前，嬉皮笑脸地纠缠着我要礼物。

我目不转睛地看着林熙，她是一个面容娇好的年轻女子，肌肤白皙，长发如瀑，眼眸如水一样温凉，我看得心惊不已。她不是那种让人惊艳的女子，但是她的身上却有一种让人过目不忘的独特气质。

小想揪住我的耳朵，小声说，狐狸精现身江湖，这么快就被迷住了？我佯怒，嗔她，瞎说什么？她不是你的好朋友吗？小想的唇边扯起一抹不屑，我怎么会有这样的朋友？她可是勾引人家老公的一流高手，你当心抵挡不住，湿鞋啊！

我面红耳赤，拍了一下小想的脑袋说，臭丫头，瞎想什么啊！

礼物是早准备好了的。我伸手从口袋里掏。掏了半天，才发现，口袋里什么也没有，我急得出了一脑门的细汗，明明记得放在这个口袋里的，怎么就自己长脚跑了呢？

正尴尬得不知如何是好，一只戴着黑色玛瑙戒指的纤手，递到小想面前，说，小想，你阮非哥哥的礼物在这儿呢！

我循声看过去，一只精美的礼盒，盒子上系着蝴蝶结，盒子里是一只精美的香水瓶，是鸦片香水。我是认得的，前两天，我在一家购物中心买下这瓶香水，特地叫服务小姐包好，怎么会在她的手里？

小想伸手接过来，惊喜得连连尖叫，亲热地拖住林熙的手，嘘寒问暖，说林熙姐姐的黑玛瑙戒指真漂亮，在哪里买的？

我真不明白女人之间的事儿，小想刚才还在我的耳边诋毁她，可是一转眼竟比亲姐妹还亲，把我甩到一边，不再理睬。

我站在旁边打量着这个叫林熙的女子。她是一个清丽出尘的女子，高挑、纤瘦，走路碎步，袅袅婷婷，轻如细风。

恍惚记得那天在卖香水的柜台前与一个年轻的女子擦肩而过，那女子曾嫣然回首，朝我淡淡地笑，当时我有触电的感觉，心慌气短，鼻尖出汗，以为她有意于我，莫非是她吗？

我看着林熙，问她，是你……我本想问她，是你偷了我的香水，可是我问不出口，只好说了半句停下来。

她倒不含糊，大大方方地说，是我。说得那么理所当然。当然其中的隐意，只有我和她明了，旁人是无法知道根由的，只当我们是旧识。

二

一大群朋友在灌小想的酒，小想已经喝得杏眼微眯，身体绵软，丹唇含朱，正巧笑嫣然地和这群不长良心的家伙周旋。

喝得七荤八素，大家又去唱歌，混乱成一团。小想歪在沙发上，颊上飞满红晕，斜着眼睛看我，我帮她买了醒酒汤，又帮她收拾吐的一地的污物，又忙着拿漱口水给她。

正忙作一团，忽然听见林熙高八度的尖叫声，划破了嘈杂的人群，屋子里一下子安静下来。我转过头看，不知是谁把切蛋糕用的一柄长长的水果刀碰落，刚好落在林熙穿着皮凉鞋的赤脚上。

我丢下小想，抢过去，把她的脚抱在怀里，她的脚背上划出一道印痕，白皙透明的肌肤，缓缓渗出血来，艳红的一大朵。我从口袋里掏出一块苏绣的绢手帕，裹住她的伤口。

回头嘱咐一个朋友，把小想送回家。

我抱起林熙，送她去医院，她的伤口需要消炎上药裹绷带，我怕耽搁太久，伤口流血过多甚至感染。

她伏在我的怀里，像一只乖巧安逸的小猫，眯着眼睛看我，我心慌气短地嗅着她的耳际隐隐逸出的“冷水”的味道，纯净、透明、清澈，如泉水一般芬芳。

林熙在我怀里，用非常小的声音说，我要把你从小想的身边抢过来。我吓了一跳，差点失手把她扔到地下，低下头看她，她扑闪睫毛，挑衅地看着我笑，她放肆地用双手扣紧我的脖子，像一根绵软的藤缠住我，令我透不过气来。

聚会不欢而散。

三

我在医院陪了林熙整整一宿，挂完点滴我送她回家，在她家的楼下遇到一个男人，黑色的别克停在不远处，而他站在楼角吸烟，一地的烟头和烟灰，面容憔悴，想来，不知在这里等了多久。

看到林熙回来，他先是惊喜，看到她脚上缠着绷带，然后惶恐，他捧住林熙的脚问，怎么弄伤的？他的语调，他的声音，甚至每一个音节，都饱含了那种叫“疼”的特质，我听得出，那是发自心底的，而非伪装。

林熙轻描淡写地说，我玩水果刀，不小心掉到脚上。那个男人责怪她不小心，她竟然说，我的事儿，你别管。男人看着我尴尬地笑，低声下气地问我，你可以回避一下吗？

林熙决绝地说，不用回避，你有什么事儿就说吧！我离开也不是，不离开也不是，站在那里像一截木桩。那男人像做了错事儿一般，小声说，我跟她分开了。她冷笑，那是你的事儿。他说，可是我是因为你。她说，我可从没有要求过你那样做。

我听不下去，走去街边的售货亭买矿泉水，回来的时候，看见那个男人匆匆地上了别克，在烟尘中急驰而去。

四

从林熙那儿回来，我蹑手蹑脚地开门，拐进厨房里，找吃的。小想从卧室里踱出来，穿了吊带睡衣，披散着长发，倚在门边看我，那种冷漠的眼神像X光一样，在她的目光下，我几近透明。我结结巴巴地问她，以为你没有醒，所以不敢吵你，有吃的吗？我上班要迟到了。小想笑了，笑得很灿烂，说，我没有醉。难为你陪了人家一宿，竟然记挂着回来跟我要吃的。我搂住她的肩膀，心虚地说，好老婆，咱不能见死不救是不是？况且她又是你的朋友。

小想并没有像我想象的那样搬倒醋缸，这让我如释重负，同时又有一丝淡淡的失望。

我吓得不敢见小想，按常规，平静的背后，往往孕育着更大的风暴。我给她打电话，说出差，要离开一段时间。小想冷笑，说，你最好找个地方，躲我一辈子。

一个周末的下午，陪一个外地来的客户在街上转悠，精疲力竭却不能言，正琢磨着怎样游说这位客户大人打道回府，我也好从这场苦役中解脱出来，却忽然看到林熙。

在一家装修精致华丽的购物中心大堂，林熙被两个保安一个售货小姐纠缠住，欲走不能。其中一个保安扣住她的手腕，她挣不脱。保安说她偷了店里的东西，声音很大，渐渐有人围拢过来，他们被围在中心。

我还是不敢相信这是真的，想起初次在小想的生日派对上见到林熙，伊是一个风姿绰约的女子，优雅温婉，目光如水。有着一份不错的工作，有着一份不菲的收入。小想是林熙的助手，她们服务的公司是林熙父亲的家族企业，这样的大小姐，我怎么也不能把她和贼画上等号？

我挤进去，林熙看到我，灰头土脸地别过去，转头的瞬间，我看见她的眼睛里，有泪溢出。我把保安拉到边上，说，我认识这位小姐，我以人格担保，这中间肯定有什么误会。保安似信非信地看着我，我报上工作单位，递上名片和身份证。保安松了林熙的手，人群渐渐散去，林熙松了一口气，感激地看了我一眼。

事情没有想象的那么复杂，林熙真的拿了购物中心一瓶香水，那个瓶子精巧别致，非常漂亮，我认得，是“冷水”。我按照购物中心的价格付了双倍的钱，然后又说了一箩筐的好话，人家才答应不报警，放我们走。

五

走出购物中心，林熙停住脚，回头伏在我的肩上哭了。她看上去很颓丧，像一朵开败了的花儿，我揽住她的腰，站在人来人往的过道上，接受着人们的注目礼。

一起慢慢地走在人行道上，人潮如水从身边流过，我忍不住问她，为什么？她说，灼灼白昼，漫漫长夜，滔滔人生，总觉得做点什么才甘心，总觉得拿点什么在手里才觉得稳妥。

这样的逻辑，让我实在忍俊不禁，“哗”的一下子笑出来。林熙惊惶地看着我，一直看，一直看得我停止了笑，始终没说一句话，她的脸色由红至绿至灰，之后，拂袖而去。

阳光下，我看着她的背影，忽然觉得自己那么无聊，那么荒唐，那么轻易地用笑容刺伤了林熙。

我开始情不自禁地挂念林熙，从来没有像现在这样，做事无心，吃饭无味，干什么都觉得别扭。偶尔林熙给我打电话，我会拿了电话，偷偷摸摸地躲到阳台上去听，小想从来不问我为什么，只是像从前一样，做我喜欢吃的饭菜，给我准备干净的睡衣，柔软的拖鞋，小想越来越沉默了。可是我却像中毒一般视而不见，包括小想夜里在床的另一边哭泣。

六

下了班，走路去小想的公司，打算约她去喝一杯，碰巧小想不在。其实我知道小想不在，她去南方出差，一时半会儿回不来。如我期望的那样，转身刚想走，却碰到了林熙，她似喜似嗔地问我，不会这么好来找我吧？

我点点头，想和你一起去喝一杯，你肯赏光吗？林熙做出无所谓的样子耸耸肩。走路去商业街上那间上海人新开的馆子，天气冷了，很多人裹紧大衣，行色匆匆地奔向那些有橘黄色灯光的地方。刚刚六点钟多一点，夜已经彻底撩开幕布。我和林熙沿着街边的橱窗慢慢地走，中间有五厘米左右的距离。路过一家商场，林熙停住脚不走，用温软的眼神看着我笑，进去看一下好吗？我笑了，女人对物质的兴趣永远大过于口腹之欲。

拐进商场，分头行动，我去了洗手间，她瞎逛去了。

从洗手间出来，转好几圈都没有找到她，后来，在卖香水的柜台前，一圈人围得水泄不通，我挤进去，看见林熙被售货小姐扯住，说她偷了店里的香水，林熙咬住嘴唇，说没有。售货小姐掰她的手，撕扯间，一小瓶香水掉到地上，瓶子碎了，馨香四溢。

至此，林熙只能坚持说是想闻一下香味如何，而我除了站在林熙的一边，别无选择，我违心地对售货小姐说，这位林熙小姐是本市著名的服饰公司的老板，这是地址，你可以去打听一下，她不会拿你们一瓶小小的香水而不顾及自己的名声。

七

那一晚，没有去吃上海菜，顺着来路往回走，风凄冷地从身边经过，我不说话，什么都不想说，她打碎了我心中的一种美好，一而再，再而三的，为了一瓶小小的香水，竟然不顾惜自己的名声。

她轻轻地挽住我的胳臂，手心里有一股凉，慢慢地传递给我，她在发抖。良久，她说，我不想这样的，可是我管不住自己。

十年前，一个女孩的妈妈偷走了我妈妈的爱情。三年前，那个女孩偷走了我的爱情。当我发现那个男人每次买两瓶一样的香水分别送给我和她时，我真的想从楼上跳下去，可是我没有。

我看她，她偏头看着街边的橱窗，并无特别的情绪波动，但我知道，她的内心，必定是不好受的。

那晚回到家里，竟然亮着灯光，我担心被贼光顾，三步两步窜到楼上，打开门，竟然看到小想，她坐在昏暗的灯光下，一副老僧入定的样子。

我走过去，坐到小想的对面，小想把一副毛线织的手套推到我面前，说，想来也是离开的时候了。这副手套我织好很久了，原本打算你生日时送给你，现在看来不会有那么一天了。停了一会儿，小想又说，你的手到了冬天爱冻伤，好好戴着这副手套，常常想起我，我就知足了。

心中酸楚难抑，我想留住小想，可是她去意已决。她说，别留我，我只是把我欠她的还给她，欠债的滋味不好受。她背对着我，始终没有转过脸来，我猜想，她是哭了。

八

其实我早猜到林熙说的那个女孩是小想。小想走了，她没有给我留下一句话，我疯了一样到处找她和我的孩子，我的孩子在她的肚子里。我想告诉她，我的心没有被人偷走，我的心还属于她。可是一切都是徒劳，没有她的一点消息。到后来，我每天都戴着小想织的那副手套，走在阳光明媚的春光里，始终不肯摘下来。

你的泪流满我的脸

老楚不要我了

老楚其实并不老，也就二十八岁多一点，在公司里，同事们都叫他老楚，所以我也叫他老楚。

从前和老楚在一起时，我并没有刻意地去讨他喜欢，甚至没有精心为他打扮过一次。和他在一起时我很放松，穿着牛仔裤，细格子衬衫，梳着短头发。和他牵着手一起去逛街，我嘴里含着棒棒糖，手里拿着一支雪糕，说起话来叽叽喳喳，走起路来蹦蹦跳跳，老楚总是用宽容和喜爱的目光在远处注视着我，偶尔也会用他的大手在我的短发上爱怜地抚一下。我总觉得，老楚对我好到有些纵容。

突然听老楚说要和我分手，我心中有些不舒服，低着头，像一个犯了错误的孩子似的，小声问道：为什么？

老楚平淡地说：不是你不好，是我配不上你。

听老楚这样说，起初我还以为他跟我开玩笑，就说：那我们在一起，好吗？我摇着他的胳膊问：我们在一起，好不好？

被我问急了，老楚才说：你还是一个孩子呢。

我噘起嘴：我不小了，我都二十五岁了。

老楚嗫嚅着：我不是这个意思，怎么说你才能明白呢？

其实我什么都明白，老楚就是嫌我没有女人味。

老楚是我们的部门经理，星期一早晨，到了办公室，我就写了一封辞职信，签上名字，送到老楚的办公室。老楚目光虚弱地看着我说：何必呢？

我倔强地说：我已经决定了，你不用再劝我了。

走出老楚的办公室，我长长地舒了一口气。到了街上，看见一辆公共汽车过来，我就跳上去，我不知道我要去哪里，在车上来来回回地坐了好几趟。下了车，我沿着海边走，不知不觉我就走到了北大桥，这是我跟老楚谈恋爱时常来的地方。

谁要自杀啊

和老楚在一起，我不知道有没有爱，我们在一起很开心，也没有吵过架。老楚说分手，我的心也并不是很疼，可我的确是被老楚甩了，我失恋了，我的爱情没了。

深秋的海边，游人稀少。我把脚上穿的靴子脱下来提在手里，在沙滩上一点一点往水里走，海水很快没过了我的小腿，冰凉冰凉，一下子使我清醒了许多。我就那样站在水里眺望远处，从前老楚总是陪着我一起疯，可是今天只剩下我一个人。

不知过了多久，正在我胡思乱想的时候，突然有一个人向我扑过来，我毫无防备，被他扑倒在水里，身上穿的牛仔裤，驼色毛衣，被海水打湿了，湿漉漉地贴在身上，很难受。男孩子一般的短发，一缕一缕粘在额上，顺着发梢往下滴水。

我回身看了一眼扑倒我的那个人，那是一个年轻的男人，大约比老楚的年龄要大一些，他现在正躺在海水里，样子和我一样狼狈。

我气呼呼地说：你神经病啊？！好好地把我弄成这样？

他不气，从水里站起来，好脾气地说：好好的，何必呢？

我气急：什么、什么呀？他一脸疑惑地说：你不是要自杀吗？我生气：谁要自杀？我今天已经够倒霉的了，先是失恋，现在你又害我“自杀未遂”，传出去多丢人？

他不好意思地说：误会、误会。我得理不饶人，仍然气呼呼地说：什么误会？我现在这样子，怎么见人？

要不然你到我车上暖暖吧！他试探地问。

我拍了一下他的肩膀：你怎么不早说，哥们儿，害得我冻了这么半天。

他吓得直往后退，一边说：你怎么这么野蛮呀？怪不得你失恋，哪有男孩子敢要你？

我泄气，一下子沉默下来。他的话不偏不倚地击中我的要害，我说：那么多话，还不把车里的暖气打开，想冻死我吗？

弹尽粮绝的日子

从辞职到现在，我一直没有找到合适的工作，想起来竟有些后悔，上次不该那么冲动，要辞职也该是老楚，怎么会是我？

眼瞅着弹尽粮绝，还等着饿死不成？我权衡半天，终于屈尊去应聘中山路上一家大酒店的迎宾小姐。我想好了，先干半年，积下点碎银子再换别的工作。我在心中恨恨地想：我堂堂一个白领，竟落魄至此，都是老楚害的，看他将来能找一个什么样的女朋友，比我好，我就咽下这口气。

上班第一天，我就站在酒店大堂门口，微笑着向每一位顾客说：欢迎光临！欢迎光临！一天下来，我的嘴笑得都要咧到耳朵后面去了，脸上的肌肉酸痛酸痛。我揉着脸蛋，爬到床上，一觉睡到天亮，一宿竟连梦也没有一个。

一个星期以后，我逐渐地适应了这份工作。有一天，我站在那儿见没有什么客人，便东张西望，看着过往的行人。忽然我看见一个熟悉的身影，是那天在海边把我扑倒在水里的男人，可是我忘记他叫什么名字了。他把车泊到停车位上，朝门口走来。我兴奋地冲他摆手，从我来到这里，已经很多天没有见到熟人和朋友了。

他看到我，惊讶地问道：你怎么在这里？我在这里上班啊。他像是忽然想起什么似的，问道：对了，你叫什么名字？季雪，你叫什么名字？来吃饭吗？他拍着脑袋想了一下说：你叫我鸿吧！好了，不跟你聊了，叫领班看见，要扣我薪水了，总共那么几个大子儿，别被她扣光了。

鸿的眼睛里有了笑意，我不知道是哪句话让他感到好笑。点头说：回见。

他一走，跟我一起做迎宾小姐的娜娜问我：你是怎么认识他的？我说：偶然。你认识他，还用在这里当迎宾小姐？她疑惑地问。我惊奇道：这是哪儿跟哪儿呀，我不明白，认识他怎么就不用当迎宾小姐了?

再问娜娜,娜娜不肯说,也就算了。

鸿要我以身相许

当迎宾小姐,总会遇到一些轻薄的男人。有一天,我当班,一个秃了顶的男人,大约五十多岁的样子,喝醉了酒,歪歪扭扭地走到我跟前,动手动脚地说:小姐,出台吗?

我瞪了他一眼,恶狠狠地说:一边凉快去。他仍旧纠缠不休,伸手要摸我的脸蛋,我一巴掌打过去,男人白胖的脸上清晰地留下几个指印。他恼羞成怒,笨拙地伸手过来要打我。

这时正巧鸿走过来,我说:哥们儿,还不敢快出手相救?不然我没命了。

鸿厉声喊道:保安都哪里去了,那人醉了,还不赶快拦住他。其实很多人都在这儿看热闹,我得罪了上帝,看我怎么收场。不知道为什么,突然间看到鸿,我像看到了亲人似的,我跑到他的面前,眼泪滚滚而落,像一个受了委屈的孩子。我泪眼婆娑地拱到鸿的怀里,鸿就那样抱着我,站在酒店的大堂中央,许多双员工的眼睛,齐刷刷地盯着我们。

那件事之后,鸿带我去街边摊吃饭,偶然遇到了酒店里的员工,那个员工径直走到我和鸿的面前,毕恭毕敬地说:吴总,真想不到您会到这儿来吃饭。

鸿开玩笑说:你来得我就来不得吗?以后,在酒店里叫我吴总,在外面叫我子鸿就行。我清楚地听到他让员工叫他子鸿,却要我叫他鸿,我心中霎时充满了喜悦。

鸿,想不到你这么坏,刻意隐瞒我,让我在人前丢丑。我第一次看到鸿那么开朗地笑了:我不是刻意隐瞒你,只是没有适当的机会告诉你。现在我告诉你了,以后不要不理我啊!

我一本正经地说:我不敢不理你,你救了我两次,是我的救命恩人,我还没想好怎么报答你呢!

他嬉皮笑脸地说:那你就以身相许吧!我收留你了。我扭过身去,佯装生气。

狭路相逢点燃心中的酸楚

鸿就这样走进了我的生命,成了我生命中的第二个男人,我再次辞掉了工作,做鸿的下属,我怕鸿会感到别扭,我自己也想和他平等相处。我找了另外一份工作,在中山路上的一家外贸公司做职员,薪水也还好,最重要的是,这家公司离鸿的酒店很近,有时候我们相约一起吃午餐。星期天,在鸿工作不忙的时候,他陪我去游泳,甚至陪我逛街,帮我提着东西,看起来像一个跟班。

那天鸿过生日,晚上下班后我刻意打扮了一番,并且破天荒穿了一条中性色的裙子和毛衣,将留长的头发做了离子烫,往镜子面前一站,我自己都不认识自己了。

我常想,如果那时我留了长发,偶尔穿穿裙子,老楚会不会离开我呢?

我陪鸿在解放路上一家四川风味的火锅店吃火锅,鸿见到我时,惊讶得眼镜都掉到了我的身上,我还以为是自己的包装成功了。

谁知鸿说了一句话，噎得我半天缓不过气来。他说：季雪，你怎么打扮成这样？还是你吗？

我大窘，脸红得像块红布，急忙问道：这样子不好看吗？

鸿笑了，掏心掏肺的样子：也不是不好看，只是穿成这样，要做出淑女的样子，吃饭要小口，走路要小步，笑不露齿，你能做到吗？

我叹了一口气说：我做不到。可是我以为你会喜欢。

傻孩子，重要的是你自己喜欢，我喜欢你从前无拘无束，本真的样子。鸿很认真的样子。

我释然，松了一口气，才感觉到辣子辣得我喉咙痛。转头之间，我忽然看见老楚和一个女人也在吃火锅，我对鸿说：我遇到了一个熟人，过去打个招呼。鸿点头。

老楚看到我，很意外的样子，他欣喜地说：季雪，好久不见，你还好吧？

我赌气：很好，从没有像现在这么好，倒是你，清瘦了许多，好像更有精神了。

老楚岔开话题说：你一个人来这里？

没有，那是我男朋友。我顺手一指鸿，有些得意。

老楚说：你去陪他吧，看人家等急了，我也要走了。

我望着老楚渐渐离去的背影，心中竟然莫名地酸楚。

从见过老楚，好几天我的心中都不能平静。从前和老楚在一起的点点滴滴又回到了眼前，和老楚在一起，我从来没有感到爱，我只是觉得开心、自由，老楚宠我的感觉使我很快乐，我不知道这是不是爱。

从我跟鸿在一起，从他第一次把我扑倒在海里，我就喜欢鸿。鸿给我的爱是那种恋人之间的爱，那种感觉常常会使人心跳、窒息。

过了两天，忽然接到跟老楚在一起的那个女人打来的电话，她说想跟我聊聊。

我忙说：在电话里能说吗？我不想跟她纠缠不清。她迟疑了一下说：明天我们在国际酒店的咖啡厅见吧。

第二天见到女人时，她开门见山地说：我是老楚的姐姐，叫楚云，刚从澳洲回来看他的。

我没有说话，等着她继续说下去。良久，她说：你去看看老楚吧。

我不语，一张纸巾在我手里，已经被揉得皱成一团。

她说，老楚很想你。我冷笑，当初是他决绝地要离开我，这会儿又想我？楚云像是看出了我的心事儿，补充道，当初他是不得已。

揭穿谎言，我泪流满面

跟着楚云去了老楚的狗窝，以前常去那个地方，可是从没有像今天这样的心境。

推开门，我就呆住了，老楚的狗窝里，到处挂满了从前我和老楚一起出去玩时拍下的照片，老楚坐在我从前去他那里时常坐的椅子上，呆呆地出神。

老楚看着我和楚云一起进来，他先是惊喜，继而恼怒地盯着楚云，嘴里挤出两个字：多事。

楚云并不和他计较，忙着招呼我，去给我倒茶。我冷笑着直视老楚的眼睛，讥讽道：听说你想我？呵呵，干吗不直接给我打电话？反正我是招之即来，挥之即去。

老楚霍地从椅子上站起来，踉跄着几乎站立不稳，一只拐杖掉在地上，发出刺耳的响声，霎时划伤了我的心。老楚冷漠地说：你请便。

楚云急忙跑进来扶住他，被他一把甩开。楚云咬住嘴唇，眼泪慢慢从脸上滑落：何苦呢？朝也想，晚也想，好不容易见了面，却吵成这样。

我奔过去，跪在老楚的脚下，慢慢地把他的裤脚撸上去，左腿膝关节以下的一段义肢展露无遗，刺目的伤痛把我击昏了，我定定地看着老楚。

老楚颓然倒在椅子上，却无从解释，倒是楚云在旁边说着什么，我只模糊地听清了一句，好像和一年前的一次体检有关。本不想在老楚面前流眼泪，可是，眼泪还是不听话地流出来。老楚紧紧地抱住我，我清楚地感觉到，有一滴温热的眼泪滴到了我的脸上。

南瓜马车

一

升入高二那年秋天，有两件事情让林浅浅念念不忘。一是她喜欢上学校后面那片空地上的葵花，那些葵花站在秋天的暖阳下，仰起脸瞅着湛蓝的天，风吹过来，听见叶子发出“刷刷”的声响。林浅浅问季小溪，那些花儿怎么那么好看？是凡·高笔下的向日葵？季小溪非常扫兴地说，小丫头，你走火入魔了吧？那些花有什么好看的？

另外一件事就是，林浅浅喜欢上周杰伦，还有他的歌，周杰伦穿着宽大的衣衫，清爽的短发，在电视里唱歌，眼睛小小的，笑起来弯弯的，她觉得他很酷，特别是他的嗓音，像纯净水一样透明，好听得一塌糊涂。林浅浅把MP3的耳机整晚插在耳朵上，舍不得拔下来，跟着他的歌声快乐，跟着他的歌声忧伤。她曾经问过潘玮延，周杰伦怎么唱得那么好听啊？每一句从耳鼓穿过，却会在心底留下划痕。

潘玮延撇着嘴角笑笑，不屑地说，幼稚，怎么跟没长大似的，你听懂他在唱什么了？林浅浅赌气似的说，你是嫉妒吧？他唱得就是比你好听，没听懂又怎么样？反正我就是喜欢他，喜欢不需要理由。

这个自大狂也生气了。他不就是会写几句唯美忧伤不食人间烟火的诗句吗？他不就会唱琅琅动听迷人的情歌吗？可是他有周杰伦唱得好听吗？林浅浅从那时开始，讨厌这个狂妄的家伙了。

他张扬、不羁，爱踢球、听京剧，频繁更换身边的女友，反正迷恋他的女生多的是，他还会写一手漂亮的行书，像一个性格复杂、有着某种不安定因素的小男人。据说班里有很多女生暗恋他。那些曾做过潘玮延临时女友的人会无比自豪地说，潘玮延被我甩了。

二

林浅浅蔑视这样的浅薄，天底下又不是只有潘玮延一个男生。尽管她长得不算好看，单眼皮，头发稀疏发黄，戴着瓶底厚的大眼镜，而且有两颗小小的龅牙，不说话的时候，不甚明显，但一笑起来，唇形变得夸张而且可笑，所以多数时间，她都会抿紧嘴唇，尽量不笑。

她像一个忧伤的灰姑娘，没有水晶鞋，也没有南瓜马车，她只有烦恼和数不清的忧伤。

有一次，潘玮延在欢迎学弟学妹的新生联欢会上唱了一首深情款款的水木年华的歌。回到宿舍里，季小溪用手臂支住下巴，歪着头看窗外，眼神迷离地说，潘伟延帅呆了。听他们宿舍的男生说，潘玮延喜欢奥黛丽·赫本，不知道是不是真的？林浅浅丢了手里的书，说，不是，潘玮延喜欢章子怡。

季小溪嘴角牵起笑容，讥笑道，以为别人不知道你那点小心思？章子怡长了两颗小虎牙，所以你希望他喜欢章子怡。别忘了，你长的那可是两颗龅牙，他是不会喜欢你的，死心吧！宿舍里的女生一起爆笑起来。

林浅浅窘得想杀人，从床上跳起来，揪住季小溪的衣服，你再胡说八道，我就撕你的嘴。季小溪跟她撕扯起来，一边嘴不饶人地说，也不照照镜子，就你，狗尾巴草一样，还想坐王子的南瓜马车，做梦去吧！林浅浅恼羞成怒，挥手给了她一巴掌，季小溪也不含糊，一下子打掉了她的眼镜，顺手还在她的脸上挠了几下。

三

女人和女人之间的战争往往没有赢家，两个小女生两败俱伤，情绪低落，也不去上课。这件事儿很快在学校里传得沸沸扬扬，林浅浅成了学校里的名人，所到之处，必会有同学跟在身后指指点点。她脸上的伤，两道浅一点的伤痕已经结痂，看起来有些狰狞。她不敢去人多的地方，怕被人问起，都是那个狂妄的家伙让她如此难堪，可是他却没事人似的上课下课，跟同学开玩笑，眼睛里根本没有她。

林浅浅抱着课本每天傍晚躲在学校旁边那一片种满葵花的地边，看张爱玲，看余秋雨，因为这里很少有人来，所以她不用跟人解释脸上的伤是如何而来的，也不用费心去应对那些怜悯的眼神，因为那些眼神像暗器一样，射得她自尊哗哗地跌落一地。

有时候她也会看着那些葵花发呆，那些花，一大片、一大片，开得灿烂，籽粒尚未饱满，风吹过的时候，有清馨的植物香，那些花摇着头，发出“唰啦啦”的声响，她忽然有些害怕，傍晚黛蓝的天边，一抹紫红的云，葵花地里一片幽深，她禁不住打了个寒战，合上书，一溜烟往宿舍的方向跑。

身后一个声音扬起，你跑什么啊，是我。她跑得越发快了，那个声音在后面紧追不舍，林浅浅，你跑什么啊？

她停下来，气喘吁吁地回头看，竟然是潘玮延。你在这儿干什么？她使劲睁大眼睛，真的是潘玮延，她幸福得有些晕眩。

潘玮延走近她的身边，凝视了她一会儿，还替她把额前的碎发掠在耳后，那么温情的动作，她的脸一下子红到了耳根。她东张西望，左右环顾，怕被人看到。潘玮延笑道，傻丫头，和人打架那么勇敢，怎么还怕见到我啊？

她咬紧嘴唇摇了摇头，眼睛看着脚尖，在地上划圈。他说，周末，我请你去街边的小店吃刨冰。

林浅浅用力地点了点头，然后，抱着那些课本，穿过葵花地，飞一般地往宿舍的方向跑，她心中被幸福充盈得满满的。潘玮延在身后喊，不见不散。她停下来，转回身看着他笑，不见不散。转身又跑。

四

那个晚上也是林浅浅伤心绝望的晚上。

她刻意穿了件宽松的线衫，草绿的宽脚裤，把束成马尾巴的头发散落下来，披在肩上，对着小镜子左顾右盼。季小溪在窗前，把书翻得哗哗响，偷眼瞟她。她故意把头扬成45度，并不看她，挺着胸脯去赴潘玮延的约。

可是她等了潘玮延整整两个小时，也没见到他的人影，绝望像潮水一样渐渐涌来。她心中认定潘玮延在耍她，而自己却像傻瓜一样被他愚弄，这一切仅仅是因为，她喜欢。

她在心里告诉自己100遍，不要哭，不要哭，可是眼泪还是不争气地涌了上来。她擦了一把，难道要在街上站一宿吗？

往回走，脚步起起落落，经过男生宿舍楼下，忽然听到树下的暗影里站着三个男生在小声嘀咕，你怎么会喜欢她？你看她的身材，像麻秸秆；你看她的胸，一马平川；你看她的眼睛，还是单眼皮；你看她的额头，还有青春痘。潘玮延在旁边爽朗地笑着附和，就是，我怎么会喜欢她。

本来她并不想听的，但是潘玮延的笑声还是绊住了她的脚。听上去句句都像在说自己，林浅浅呆住，觉得他太过分了，明明不喜欢她，为什么还要耍她？明明知道他是她的盛宴，明明知道他是她的晴雨表，干吗还要戏弄她？

回到宿舍，她一句话都没说，扯过被子狠狠地蒙住头，一宿都在被子里掉眼泪，所有的委屈，所有的难过，流再多的泪，也无法弥补她心中的疼。

第二天早晨起床后，她的眼睛红肿如桃，眯缝着看人，很难受，季小溪牵着嘴角，眼睛笑得弯弯的，笑道，又有人被甩了，又有人失恋了。有人呵斥她，你这人怎么幸灾乐祸的？别人失恋了，你就乐成这样？还有没有同情心啊？

季小溪住嘴。

林浅浅不屑于与她作对，没吃早点就去上课，自此，再见到潘玮延这个大才子，自然是敬而远之。

五

其实真的没有季小溪说得那么严重，失恋谈不上，令人心里不痛快倒是真的，潘玮延是林浅浅青春词典里的一个华丽的乐章，只是这一页揭过去了，永远。

青春岁月里那些浅浅的情怀一点一点沉淀到岁月里，林浅浅的内心变得空前的安静，每天都会看到她抱着课本穿行在校园里。她专注地复习功课，闲时上博客写几篇东西，博客的背景是一大片开得灿烂的葵花，而她给博客取名“葵花地”，在上面写一些心情类的散文，很精致，竟然有那么一两篇被青春类的杂志看中，被编辑拿去发表在杂志上，在学校里引起不大不小的轰动。这些她倒没有在意，她在意的是那个在她每一篇文章后面留言的人。

那个署名王韦的人，在她的每一篇文章的后面留下他的看法，不是一味地叫好，也不是一味地拍砖，而是很中肯的意见，看得出他认真地读了她的每一篇文章，甚至细节处不经意的小错误都逃不出他的眼睛，他的意见总是那么有建设性，到后来，她写的每一篇文章，几乎都是为他一个人写的，每次贴上去，就期待看到他的留言。

后来开始准备高考，她才渐渐去得少了，文章也写得少了，因为她必须全力以赴考上自己心仪的大学。

而王韦似乎是一个特别专注的人，而且很闲，时间特别多似的，几乎每晚都在她的博客里留言。问她为什么不写文章了。

林浅浅觉得心中有那么一丝温热，她被自己感动了，被那个叫王韦的人感动了，被人牵挂着，是幸福的事情，就像葵花开得一片一片的。她想了一下，说，我必须考上我心仪的大学，否则我对自己没法交代。

六

林浅浅终于如愿以偿，秋天，去学校报到的时候，她意外碰到那个狂妄的令人讨厌的男生潘玮延，真想不到，他也考上了这所学校。

离得老远，他冲林浅浅坏坏地笑，他还是那么不羁，笑嘻嘻地说，想不到我们又做了同学，真是冤家路窄。这正是林浅浅想说的话，忽然被潘玮延说出来，真是知己，连想法都会一样。林浅浅忍不住笑了出来，一笑泯恩仇吧！

潘玮延趁机说，咱们学校附近有家刨冰店，我请你吃冰，好吗？他那种征询的口吻，使林浅浅皱起眉头，她说，天冷了，我不吃冰。再说了，我怕爽约，我不想当猴子，被人耍的滋味不好受。说到后来，竟有了赌气的意味，她说，像我，单眼皮，眼睛那么小，胸这么平，头发那么枯，又戴眼镜，和你一起出去会影响你的形象的。潘玮延顿足，天地良心，那些话你是哪儿听来的？真的不是说你，你误会了，那天晚上我吃坏了东西，一趟一趟跑厕所，所以失约，后来一直想跟你解释，可是你根本不理我。万般无奈，为了赎罪，我每天晚上都去你的博客，勤奋地灌水。

林浅浅想笑，却笑不出来，心中有一种温润的东西缓缓升起，那个王韦合起来是“玮”字，早该想到是他。

潘玮延笑，女孩子别太聪明了，太聪明不可爱。林浅浅仰着脸看天，努力做出一个笑脸给他，想不到却是泪流满面，我只是丢失了水晶鞋的灰姑娘，不聪明也不可爱。潘玮延说，我没有王子的南瓜马车，可是我有自行车，我载你去学校后面看看有没有葵花地，好不好？

那个秋天，天渐渐地凉了，葵花的花瓣落了一地，干枯，失水，然而心里却有温暖在积聚。

紫藤花下的诺言

一

十七岁那年夏天，去父亲所在的小城度假。自从父亲和母亲离婚以后，我每年夏天都会来小城住上一段时间，陪陪父亲。

小城背山面海，海风、绿树、涛声，像明信片上的风景，我每天舍不得睡觉，在海边流连到很晚，看渔人出海，看海边落日，赤着脚，在沙滩上翻石板，捉小螃蟹，然后把小小的，只有指甲大小的螃蟹放进瓶子里，看它们在光滑的瓶子里无处爬行，这样的恶作剧成为我一段时间里最快乐的时光。

有一天，从海边回来的时候，在篱边的紫藤花架下遇到一个女孩，身上穿着脏得看不出颜色的棉布裙子，赤着脚穿一双旧凉鞋，两条麻花辫，已经快散开了，脸上犹有泪痕。

看见我，她停下了脚步说，大哥哥，你看见我们家的猫了吗？那是我第一次见到田小甜，一个比我小整整十岁的小丫头。

她打手势比量着，它有这么大，身上有白花，尾巴尖上也有白花，叫起来很难听，可是我妈妈喜欢它。

我摇了摇头，她失望地转过脸去，背对着我，肩膀一耸一耸的，我猜想她是哭了。果然，她哽咽地说，你也没有看到，他们都没有看到，小花猫真的丢了，我再也回不了家了。

平常，对于这样一个比我小得多得多的小丫头，我是懒得理的，她们除了会哭鼻子，都特难缠。可是看她哭得可怜，我忽然心生恻隐，慢慢地蹲在她身边。终于可以平视她的眼睛，她的眼睛又黑又亮，汪着一湾泪水。我说，小丫头，不就是一只猫吗？丢就丢了，有什么了不起啊？至于哭成这样吗？她用手背抹了一下眼泪，手很脏，抹了一个大花脸，我想笑，却不敢。她板着小脸，严肃地说，你不懂，这只猫是我妈的，猫没有了，妈妈就不要我了，因为我又有小妹妹了。

我不大懂她的话，随手把手里的一只海螺送给她，说，只要你乖乖的不哭，这只海螺就是你的了。把海螺放到耳边，就会听到海浪的声音，这样你就不会害怕了。

她真的把海螺放在耳朵边上，左听听，右听听，我问她，你听到了什么？她稚气的小脸绽开了笑容，她说，我听到海螺里有人在说我爱你。我忍不住笑了，在她的鼻子上捏了一下，说，小丫头，你知道什么是爱啊？她不笑，一本正经地说，不信你听，真的有声音说，我爱你！

那个假期，我和这个小我很多很多的小丫头成了无话不说的好朋友，我知道了她的母亲其实是继母。我偷偷拿了父亲藏在花瓶底下的钱，去附近的集市上买了一只和他们家走失的那只猫很像的小花猫送给小丫头，终于帮她在继母面前蒙混过关，也因此，我们之间多了一个小秘密。因为这个秘密，那个假期我们显得很亲密，过得很快乐。

准备离开的那天早晨，小丫头跑来送我，当她出现在我面前的时候，我还是吃了一惊，她脚上的凉鞋跑丢了一只，头发也跑散了，额上有汗，脸上有泪，看到我，没说话先笑了，她说，以为赶不及呢！你还没走，真好！那一刻，我的心中有些微温的感动，这个孩子，跑得满头大汗，头发散乱，只为看我一眼，只为送我一程。那个早晨，有着薄雾和露珠的早晨，我和小丫头约定，给彼此写信，每年夏天，我来看她，等她长大了，她去看我。

她扬起稚嫩的小脸，非要跟我拉钩，稚声稚气地说，拉钩上吊，一百年不许变。她分明是笑着的，眼睛里却涌起晶莹的泪，又不肯落下来，那种隐忍，让人看了很难受。

二

事实上，十七岁之后，我再也没有去过那座小城，不是我看轻许下的诺言，实在是生活所迫。我的生活开始变得纷乱忙碌起来，时间被安排得紧凑密实，没有时间打理学习以外的琐事。我给小丫头写信说，我的时间很少，不能去看她了，睡眠严重不足，几乎被母亲用鞭子抽着往大学的路上赶，告诉她，我厌倦了这样的日子。那是我写给小丫头最长的一封信吧！她给我回信，是田字格本上撕下来的一页，歪歪扭扭地写着，你真傻，我希望有这样一个妈妈，可是在哪儿呢？信的末尾，她说等钱攒够了就来看我。

那之后常常收到小丫头的来信，事无巨细，说她长高了，说她又升了一级，说她的新老师是一个很帅的白马王子，说那只猫不肯吃东西，饿得走路都打晃，说父亲门前的那架紫藤花前不久死掉了，说她每晚睡觉都抱着那只海螺，真的能听到海浪的声音……

总之说的很多很多，都是生活中的细节，有时候我会回她几个字，有时候我只是默默地看着，一个字都不给她回，所有的信像是她一个人的呓语。每一封信的后面都缀上一句，等我攒够了钱就去看你。其实，她从来没有来看过我，我也从来没有回去过。

大学四年，一直是她的这些信在陪伴着我，有同学怀疑是情书，曾想方设法骗我离开，偷看这些信，也曾想方设法灌醉我，以期看到信的内容，得逞之后，都大失所望，还以为是什么令人脸红心跳的情书，却原来是一个小丫头的作文练习簿。

参加工作的第二年，我有了女朋友，是一个漂亮的女孩，身上那丝淡淡的忧伤的气息吸引了我，她希望能和我一起出国留学。

那一年，我忙于恋爱，忙于事业，忙于口语班的强化训练，忙得脚打后脑勺，小丫头像神兵天降一样站在我面前，我几乎不敢认她，她长得高挑瘦弱，亭亭玉立，她调皮地问我，大哥哥，你猜我是谁？

还用猜吗？当然是小丫头了。她考到了我曾经念书的母校，坐在我曾经上课用的课桌上，这一切就为能见到我。

我说，小丫头，你的钱终于攒够了？她红了脸，说，从你走的那一天起，我要找到你，我要见到你，现在终于如愿了。

我说，小丫头，蛮有志气，她生气地噘起嘴说，我不叫小丫头，我叫田小甜。

从那一天开始，我和她经常见面，她过生日，我送了一只毛毛熊给她，带她去吃麦当劳，去游乐园玩碰碰车，坐旋转木马，甚至坐非常刺激的过山车，她吓得尖叫着往我的怀里钻，那种青春的气息扑面而来,我的心绪不由自主地纷乱起来。

带她去见我的女朋友,她无所顾忌地贴着我的耳朵讲话,挽着我的胳膊走路,去餐馆吃东西要以她的口味为准,弄得女友尴尬如外人,拂袖而去。我去追她,小丫头竟然满不在乎地拉住我,说,别追了,我再给介绍一个好的,你母校的小师妹,随便拿出一个都比她好。

我愠怒,喊,你松手,你以为你是谁?

她嘴里含的饮料一下子喷出来,不认识似的看着我,那种眼神令我发毛,令我心跳加速,有一种微微的凉流进我的血液。

三

我知道我应该和小丫头保持距离,那一段时间心绪不宁,工作不顺,弄得满脸沧桑,和小丫头一起上街,熟人见了冲我眨眼睛,那种会心的笑容令人觉得鬼鬼祟祟不怀好意。陌生人见了,会干脆直截了当地问,是你女儿还是侄女?小丫头柳眉倒竖回人家,是小老婆,你管得着吗?

我吓得连忙捂住她的嘴,她一把打掉我的手说,至于吗?吓成那样?

我心中有一种隐隐的担心,除了远离,我别无他法,渐渐地,我开始疏远小丫头,极少跟她见面,跟朋友聊天,和女朋友约会,打球跑步来排解那种失落。

那时,小丫头正专心考研,她下决心要留在这个城市里,要留在我的身边,所以对于我的有意疏远并没有知觉。

打电话给小丫头，告诉她我要结婚了，小丫头沉默了几秒钟，然后对着话筒大喊，你说话不算数，小时候，跟我在紫藤花下说好了，每年夏天你都来看我，结果呢？你一次没来。等我长大了，来找你，可是你又要逃，你就是个骗子，你骗了我，你怕什么？怕我吗？我吃人吗？你就不能等我毕业吗？

我说，小丫头，你听我说……

别叫我小丫头，我叫田小甜。

我沉默，良久，我轻轻地挂了电话。

坐在火车上，我想起十七岁那年夏天的海边，海风、绿树、涛声，明信片上的风景一样，小丫头穿着脏不啦唧的衣服，站在这样的背景下，用充满童稚的声音问我，大哥哥，你看见我们家的猫了吗？

不知是谁问了一句，有人看杂志吗？叫醒了遐想中的我，我伸过手，拿过一本杂志，杂志已经很旧了，封面已经开始泛黄，打开来，有一篇文章映入我的眼帘，是一篇凄美的爱情故事，结尾处引用了一首诗，君生我未生，君生我已老，恨不同时生，日日与君好。

玫瑰灰

一

前两天小程的护照下来了，他要去英国留学，这个消息让我欢呼雀跃了好一阵子。小程一走，这个两居室的房子里剩下我一个人，女朋友红雨来这儿也方便些。

在这条不算繁华的街上租屋而居已经一年多了，想买房子也不是一朝一夕能做到的。

房东有些小聪明，把两间屋子分开租，负担轻些，房子租得快。我来得早，住了一间，后来小程来了，住了另一间，彼此倒也相安无事。

小程临走的前一天，领了一个女孩来看房子，那女孩高高的，瘦瘦的，脸色苍白，眼睫毛很长，温润如水的样子。可是我心中还是一惊，认出是上次在图书大厦遇见的那个女孩。

她也认出了我，伸出手来，用指尖跟我握了一下，淡淡地说，我叫卓然，请多关照。

我点着头，嘴里打着哈哈，好说。

那天在图书大厦，刚好看到红雨喜欢的一本书，书名叫《玫瑰灰》，刚伸手想拿起来翻翻，碰巧另一只女孩子的纤纤素手也伸了过来。她见状，缩回手高兴地说，你喜欢这本书？

我耸耸肩，无所谓喜欢和不喜欢。

她疑惑地问，那你为什么看？是题目吸引你吗？

我女朋友喜欢，她看遍了这个作者的每一篇小说。

她立刻笑了，像个孩子似的说，也许好看呢！你不妨也看看。

这个作者滥情得很，到处贩卖爱情，我不感兴趣。她皱起了眉头，脸色在瞬间变了几次，最后绿了一张脸走了。

我不解。

二

送小程去机场回来，卓然已经大包小包地搬进来了，正在收拾着一些琐碎的东西。这一段时间我深刻地体会到，两个男人在一起住有些别扭，一个男人一个女人在一起住就更别扭。我面无表情地对她说，这里的情况是，厨房、卫生间、客厅共用，水电费均摊。

卓然头都没抬，说了一声知道了。

晚上吃饭时红雨来了，揪着我的耳朵警告我，不要花心，否则看我怎么收拾你。

我嬉皮笑脸地说，我有那贼心，没那贼胆。

你敢背着我走私，我要了你的小命。红雨佯怒。

你小点声，别叫人家听见了，哪有你这样野蛮的。再说她瘦成那样，我怎么会看上。

红雨满足地笑了。

红雨不知什么时候走了，我斜倚在床上迷迷糊糊地睡着了。睡梦中一会儿听到开冰箱的声音，一会儿听到踢踢踏踏走路的声音，我厌烦至极，下半夜再也没有睡着。我佯装上厕所，听见卓然的屋子里有敲打键盘的声音，心说，原来是只夜猫子。

三

很久以后我才知道，卓然是白天睡觉，晚上工作，跟我正好相反，可怜我有些神经衰弱，有一点声音都睡不着，这可害苦了我。

有一天傍晚，卓然轻轻地敲我房门，小庆，你出来一下，我有事和你商量。

我出来后看见卓然一脸阳光灿烂的笑容，她说，我一会儿有个party，你陪我一起去，行吗？我没有男朋友。

这合适吗？

她说合适。我只是借你用一下。她说得那样轻松，仿佛我只是一件物品。

我这才注意到她刻意穿了一件黑色吊带裙，脖子上、耳朵上、脚踝处挂满了尼泊尔风格的银饰，睁着一双大眼睛，看上去美得像一个妖魅。

Party的氛围轻松而柔和，音乐舒缓，桌子上摆满了自助式的吃食，一大堆的男男女女穿戴讲究，很高贵的样子。我不认识什么人，只好躲在角落里吃东西，一边用眼睛盯着卓然。卓然被一个年轻男人拦住，他们窃窃私语，我听不清他们讲什么，只能老远看见卓然笑时双肩抖动着。我很无聊，后悔跟她来参加这样一个无聊的聚会。我吃了两块蛋糕，喝了两杯红酒之后，卓然才姗姗回到我的身边，快快的样子。那个男人跟在她身后，低声问卓然，他是谁？

卓然笑道，你问我，我问谁？

可是我好像看见他跟你一起来的。

是这样吗？我可不认识他。卓然的脸上是讥笑加不屑。我大窘，拉着卓然来到一个没有人的地方气哼哼地低吼，你太过分了，何苦这样害我，我好像并没有得罪你。

卓然冷冷地笑，是吗？许小庆先生，你真是贵人多忘事，你忘了你曾在那么多人面前说我贩卖爱情，让我下不来台。

卓小姐太抬举自己了，我并没有说你，我只是说《玫瑰灰》的作者。我也冷笑着与她对质。

卓然挑衅地看着我，目光放肆，我就是《玫瑰灰》的作者。

我愕然地望着她，一时之间不知道说什么好，她真是一个记仇的小女巫。

四

星期天照例睡到太阳照屁股，享受周末生活的自由自在、快乐美好。今天早晨也不例外，正做着美梦，忽然被厨房里饭碗落地的尖锐声音吵醒，心里想着：这个小丫头算是跟我有了仇了，再也甭想有好日子过了。我趿着拖鞋到厨房一看，没人，灶上的一锅粥熬得米香四溢。这个懒丫头从来没见过她做饭，有钱时就在外面吃，没钱时用速冻食品对付，再说往日这个时间她已经上床睡觉了，今天却勤快了。眼珠一转，计上心来，从罐子里抓了一把盐放在粥里，蹑手蹑脚回屋里继续睡觉，睡不着，想象着卓然生气的样子，我就兴奋得像吃了蜜一样。

卓然在客厅里来来回回地走，并没有生气，笑嘻嘻的样子比她凶巴巴的样子可爱多了，越是这样，越要提防她的阴谋诡计，步步为营在这个当口显得尤为重要。

中午起床后，内急，急急忙忙地奔向厕所，打开门，我惊呆了，卓然正在里面洗澡，雪白的肌肤，凹凸有致的线条。

卓然笑得嫣然，难得温柔地说，看够了吗？麻烦你把门关上。

我的大脑中一片空白，听她这样一说立刻把门关上，转身急急忙忙向楼下奔去，一路小跑去了附近百货公司的厕所，嘴里骂着卓然，差点害得我尿裤子。

晚上，我去敲卓然的房门，里面没有声音，打开门，见卓然正怔怔地瞅着门，手里夹着一支“七星”香烟，烧了很长一段的烟灰，颤抖着却并没有磕下去，不知为什么，那一刻我的心忽悠地疼了一下。屋子里挂了白色的窗纱，到处都是书和碟片，零乱得不像闺房倒像猪圈。这样的懒女人谁娶到家里，有的受了。我有些扭捏地说，我可以进来吗？

你不是已经进来了吗？卓然抬头瞥了我一眼。

我的语气软下来，我们讲和好吗？有道是远亲不如近邻，为了表示我的诚意，特地为你做了一碗紫菜蛋花汤。

卓然冷冷地说，可是我正在工作，不希望有人打扰，另外，我怕你在汤中下毒，留着自己慢慢享用吧。

我识趣地退出去，心中暗暗地骂了一句，这是什么事儿啊？

五

有一天，上次在party上遇见的那个男人开了一辆灰色的雪铁龙来找卓然，在卓然的屋子里待了两个多小时，后来两个人吵了起来。我侧耳倾听，大概的意思仿佛是要卓然搬出去住，卓然不肯。不知为什么，我听了心中一动，有一丝柔软在心中荡漾开来，那种感觉很幸福。后来才知道，那时我真的是会意错了，卓然不肯离开，只是为了这里安静，利于写作，而不是为了我。吵声越来越大，我推门进去，两个人都愕然地瞅着我。我豪气干云地说，卓然，你有什么麻烦跟我说一声。

那男人文绉绉地说，我和卓然之间的事，有你什么事？

你一个男人欺负女人，算什么本事？

那男人忍不住大声吼道，你给我滚出去！

大灰狼露出了尾巴，不再跟我装绅士。卓然说，小庆你别走。又回身对那男人说，你，给我滚出去！

我得意地冲那男人挤挤眼睛，那男人气急败坏地走了，开了雪铁龙绝尘而去。

我说算了，别生气了，别和自己过不去。卓然长长的眼睫毛上挂着泪水，楚楚可怜的样子。我忙道，我们去逛街吧，有言在先，我只能请你吃路边摊，我没钱。

不知为什么，卓然生气的时候胃口就特别的好，吃什么都很香的样子。

那晚，红雨来找我，没在，就在那儿等。很晚了，我和卓然一起回来。红雨怔怔地看着我们，眼睛里写满了疑问。红雨小声问我，小庆，我们结婚吧？

我打着哈哈，含混不清地说，算是求婚啊？可是我们还没有房子呢！

红雨坚定地说，我不介意。

良久，我说我介意。

红雨忽然恼怒起来，像一头受伤的小豹子，她说，你那些都是借口，没有房子我都不介意，你还介意什么？你爱上了别人？敢作敢当吗？为什么不敢承认？

红雨的话句句击中我要害，我无言以对，我还能说什么？缘分的事真的很奇怪，认识红雨也三年多了，可是就抵不住和卓然认识的三个月，凭良心说，红雨比卓然漂亮许多，如果不是与国际接轨，就卓然那种亚热带女人的脸型与肤色，走在街上回头率有百分之二十就不错了。

红雨哭着跑了，我并没有去追，看着她的背影渐渐模糊地融进夜色之中。

六

想不到我跟卓然真的好上了，那一段时间我刚好丢了工作，天天除了跑人才市场，便和卓然腻在一起，开一些无伤大雅的玩笑。我说，卓然，我现在是一个一文都没有的穷光蛋，我可养不起你，你要想清楚了。

卓然笑眯眯地说，那我养你吧！又故意叹气道，唉！时也，运也。

我也笑，就你挣的那两个大子儿，还不够你养你自己的呢。

这时候卓然就大笑着蹭过来，拿腔拿调地说，先生，你行行好吧！你要了我吧！我吃得很少，不会吃穷你的。

我笑得停不下来，和卓然在一起，总有一些意外和惊喜。

夜里，我常常跑到卓然的房间，躺在她的小床上。枕头上、被子上到处存留着她身体的气味，她用的兰蔻香水的气味。她在家中通常穿一件宽大的男式T恤，长及膝处，露出一截白白的小腿，妩媚风情，只可惜她整夜地坐在电脑前，我只能看着她的背影，有时候便在不知不觉中睡去。

卓然有白天睡觉的习惯，我拉上厚重的窗帘，透不进一丝的光亮，看着她睡熟的模样，想起那次在浴室惊鸿一瞥她的丽影，给我的震撼再也不能从心中抹去。

卓然，第一次知道你白天睡觉，晚上工作，我还以为你是干那个的。

她挥着美人拳一边捶我，一边说，想怎么个死法，我给你最后的选择权利。

正这时候，红雨进来了，看见我和卓然的情形，气得浑身颤抖，一句话还没有说完就晕了过去。我抱着红雨打的去了医院，红雨在我怀中轻得如同一片失水的树叶。

七

我在医院陪了红雨两宿，筋疲力尽地回到家，发现卓然不在，只当她去了朋友那里。第一天、第二天没觉得怎样，三四天之后我便觉得空落落的，房子也变大了。我有些慌，一个人在屋子里来来回回地走，耳边仿佛又听到卓然敲键盘的声音，匆忙跑到卓然的屋子里，却是空空如也，烟灰缸里是一截卓然没有吸完的七星烟。

我沮丧地躺倒在卓然的床上，怀念那些吵架的日子。顺手拿起一本杂志哗啦啦地翻着，忽然看见其中有一段是卓然写的，大意是两个在一起租房子的年轻男女，在一起不是为了爱情，只是为了寂寞。

看过之后，我觉得心中有什么东西突然坍塌了，一种被掏空了的感觉。

挨了一个星期，终于在一个黄昏，电话响起来，我奔过去的时候几乎摔倒，腿碰到茶几的圆角上，隐隐地疼，可是却不及我此时的心痛。

我稳定了一下情绪才说，我知道是你，你去了哪里？

一直沉默着，电话里清晰地传来海浪的声音、细微的呼吸的声音。我对着电话大喊，说话啊，卓然，我知道是你。沉默着，一直沉默着。我似乎隐隐地听到一声轻微的叹息，而后，彼端收了线。

我抱着电话呆怔良久，悲伤疯狂地涌入心中，充斥了每一个角落，伴随着无边的绝望和心痛，我清晰地知道，卓然就这样与我擦肩而过。

蝴蝶发夹上的眼泪

一

忽然觉得自己像一朵水上漂着的浮萍一样，身不由己，公司派我去另外一座城市的分公司去工作，老板许诺，回来后给我升职加薪，对我来说，也算是一份不大不小的诱惑，拒之，心不甘，多年的苦拼苦做，耗到青春渐逝，不就是为了等这一天吗？可是，不拒，则心又不忍，这意味着将和男友季楠分开一年的时间，一年，不算太短，也许什么都可能发生，毕竟不想放弃和季楠三年多的感情，因此左右为难，踟蹰不决。

下班时，季楠到公司来接我，他站在街边的梧桐树下，身材修长挺拔，清风掠过他的耳际，吹乱了他额前的碎发。我远远地望着他，心中忽然涌上一个念头：只要我一松手，这个有一丝忧郁气质的男人便不再属于我。

神思游离之时，他走过来，轻轻地揽住我的腰，走在中山路车水马龙的人流中，季楠说，你还是去吧，一年后回来，我们就结婚，好吗？

我含混不清地点头。尽管我无法把握这份爱情会不会一直在这里等我，也不知道季楠会不会游离出这份感情之外，我也清醒地知道，在分离的面前，爱情是何等的苍白无力，但是，此刻，我还是因为他的这句话而感动。我握住他的手，他的手大而且温暖。

二

就那样带着一份牵挂，去了那座有着欧陆风情的城市，走在街头，偶尔会有不知身在何处的感觉，但很快就适应了这座城市的快节奏。

第一天去公司上班，早晨早早起床，化精致的妆，穿职业套装，高跟鞋，长发在脑后挽了一个髻，用一只漂亮的玻璃发卡束住，镜子中便是一个干练的白领丽人的形象。多年的职场生涯，像一个训练有素的战士，知道怎样做才是最适合和最恰当的。

在公司楼下的电梯间里，遇到了财务总监童谣，他左手端着一盆小小的、不知道名字的绿色植物，右手则拿着货运单和文件夹，嘴里嚷嚷着，借光、借光，便侧身挤进了电梯。

我往旁边让了一下，躲闪不及，他手里的文件夹已经抵到我的头上，电梯里挤满了人，躲也没处躲，文件夹上的弹簧硬生生地把我盘头发用的玻璃发卡拽了下来，疼得我眼泪都流下来了，长发失去了束缚，呼啦一下子散落下来，一直垂到腰际，瀑布一般。

我转过头去怒目而视，幸好他是一个气质儒雅的男人，我实在不好意思发火，把火气和坏脸色掩藏起来。蹲下身去，把打烂的发卡碎片，一片一片地拾起。

童谣静静地在旁边看我，像一个失语的人，一直到我在他的目光的注视之下，不自然起来，他才挪开了视线。

后来才知道，他竟是我的顶头上司，直接领导。

熟了之后，他开玩笑说，当时，只当是空谷中一朵妖娆的幽兰站在他面前，不敢和我说话，怕声音使我受到惊吓；也不敢喘气，怕气息把我融化了。我听了大笑不止，笑他的比喻夸张而又恶俗。他挠了挠头，不好意思地说，这是我真实的感觉，你别不信啊！我赔你一只发卡总可以了吧？

因工作的关系，不可避免地与他的接触多了起来。他是一个很宽厚很随意的人，喜欢穿棉质的休闲装，脸上的笑容明朗而温暖。他工作起来的样子却恰恰相反，一丝不苟，甚至有些刻板。

有一次，我把一张海运的单子里的数字填错了小数点，被他骂得狗血淋头，一点情面都不留，在那么多的同事面前，我窘到恨不能立刻消失，这个不会通融的男人简直就是死脑筋。

我嘟囔着，错了改正不就行了吗？至于发那么大的火吗？他听了气得面色发青，很久都不能平静下来，他说，就没想想点错小数点的后果吗？

我被他骂得哭了，他又有些心不忍的样子，坐在那里一句话都没有。

我和童谣都住在公司安排的单身公寓里，毗邻而居。大多数时间我们都在外面解决吃饭问题，偶尔童谣会在他的小厨房里一展身手，但不是缺盐就是少糖，他来不及解下围裙，提着铲子跑过来敲我的门，借点盐或者糖，说是借，但往往有借无还。我笑他连借口也是老土的，他不语，展露出他那招牌式的笑容，令人温暖。

三

这个半岛城市冷三天热三天，来了很久，仍然不能适应这里的气候，有一天终于病倒了，半夜里烧得厉害，挣扎着爬起来倚在床头，想给季楠打电话，拨了号码，又挂掉了，即便告诉了他又能怎样？千里迢迢的，他飞来了，我还不发烧烧成灰？想想心中便觉得怅惘，眼泪冰凉地滴下来。

想来想去，还是给童谣打了电话。

童谣披了件衣服，前后没用三分钟就跑过来，一句话都没说，把我抱起来，然后下楼。我挣扎着要下来，怎奈他的手把我抱得紧紧的，我根本没有力气反抗，索性任由他抱着。他把我放到车里，然后开车带我去医院，挂号、排队、取药、输液，折腾到快天亮时，才回到寓所。

给我倒了一杯白水，他便去煮粥，做了两样清淡的小菜，端到我的床头，他做这一切是很熟练的样子，我想到他办公桌上的那个镜框，不由得想得呆住了，不知道哪个幸福的女人被他这样宠着、爱着、照顾着，眼睛不由得随着他的动作上下左右移动。他忽然停下来，看着我问，你怎么了？我醒悟过来，忙说没事儿。他笑了，说，饭在锅里，我去上班了，你饿了自己吃，要记得啊。我点头，泪在眼睛里，我仰起头，生生地把眼泪逼回去，我不想在他面前流泪。

季楠的电话近来好像越来越少，最近连电子情书也不大热衷了。人在病中，本就心灰，想想季楠，又想想童谣，一时间心中七上八下。

躺在床上，戴着耳机，听一首老歌，歌名叫《那些花儿》，闭着眼睛假寐，童谣推门进来，我清醒地知道，但童谣不说话也不出声音，令我疑惑不已，睁开眼睛看见童谣站在床头，离我一尺的地方，正一动不动地看着我，我的心立时慌乱起来。

童谣把我拥在怀里，他把脸埋在我的长发中，而后他慢慢地说，我喜欢你的长发，从第一次看见你的时候。

他低下头，慢慢地吻下来，我心慌得有些颤抖，而后电话忽然响起来，声音大得不可思议，我和童谣对峙着，时光仿佛凝滞不动，电话铃声顽强地响着。我拿起电话，竟然是季楠，他问我近来如何，天气冷了，要加衣服。我答应着，却并没有告诉他自己病了。

我清楚地感觉到一朵暧昧的花朵，开在我和童谣之间。我也知道，我们都是寂寞而孤单的人，在这个城市，没有亲人，没有朋友，除了工作，余下的一大块时间就在无聊中度过，寂寞的人之间的寂寞的游戏，不可以认真的，我在心里告诫自己。

四

一年的期限快要到了，之前，季楠打电话过来，问我能否按期回去，我说还不能确定，到时候再说吧，如果老板改主意了，延期也说不定。季楠有些不高兴，威逼利诱地对我说，追我的美眉可多的是，到时你不回来，别怪我喜新不厌旧啊。

我气焰嚣张地嚷嚷，你敢。

然后是童谣，说是回北京处理一些事情，很快就会回来，临走之前告诉我，一定要等他回来再走，我不答应，他就不走，看着他那期待的眼神，真的不忍心拒绝。

童谣走了之后，日子一下子变得清冷无边，一个人的孤单寂寞简直让人无法忍受。下班之后，一个人去逛街，去酒吧买醉，一个人抱着枕头听王菲的《流年》，一遍一遍，我忽然觉得自己像一个失去了方向的人。打童谣的手机，总是没有人接听。忽然间泪流满面。绝望就在那时滋生出来。在苍茫的夜色中，我抱着膝，坐在角落里，隔着时光，我忽然明白自己是在想一个人，这个人是童谣，明白这一点的时候，吓了我一跳，我该想念的人是季楠而不是童谣。

早晨起来，带着熊猫眼去上班。

办公室里小赵，一个年轻的小帅哥神秘地对我说，听说童谣这次回北京被绊住了，以后不再回来上班了！我半信半疑，办公室里最大的忌讳就是讲别人的是非，因此大家都极力避免这个雷区，可是小赵的话勾起了我强烈的好奇心，忍不住问道，为什么？小赵看看左右无人，便说，听说童谣的太太家里既有钱又有地位，本就不同意他出来混，这次回去了，恐怕再也不会放他出来了。

我听了，默默无语，努力使自己镇静下来。

下班后，在公司楼下的酒吧喝了一杯热巧克力，夜里回到寓所，睡不着。对着镜子，化上精致的妆容，浓浓的唇彩，像一朵盛开的花蕾，只是再也没有人欣赏这分姿容，尽管以缓慢的姿势盛开的夜色里。

路过童谣的门前，门依旧紧紧地闭着，没有半分回来过的迹象。我回到屋里，默默地吸烟，长长的烟灰落下来，烧了手才惊觉。忍不住打童谣的手机，可是已经关机。然后犹豫了半天，打到他的家里，那是我从他办公桌的台历上偷偷记下来的。

接电话的是一个女人，她的声音听起来优雅而质感，仿佛金属碰撞的声响，她问我，你找哪位。我一下子就慌了，稳定了一下情绪才说找童谣。她沉吟了一会儿问我，你是哪位？我心虚地说，是公司有紧急事情要他来处理。她说请稍等。

间隔了许久，童谣才过来接电话，他的声音平淡无奇，不带一丝感情色彩地说，我把事情处理完了就回来，然后就挂了电话。我抱着电话没有来得及说一句话，怔怔地听着电话里传来的忙音，足足有一分钟。

男人的理智与女人的感性有着天壤之别，以前只是理解了表面意思，今天才是领悟得透彻。心一寸寸地灰掉，像手里的烟燃掉后余下的烟灰，苍白而没有实质。

我不死心，仿佛一个退到悬崖边缘的人，仍然抱着一丝最后的希望，以后再打他的手机，他已关机。一直等到最后一天，童谣仍然没有回来，更加彻底地证实了传言。

除了离开，我别无选择。

五

渴望一份不属于自己的东西，就是贪婪，尽管我知道，但却管不住自己，这就是人性。

下了飞机，没有见到季楠，于是拐到机场的餐厅里，打算喝一杯摩卡，却被一对热恋中的情侣不小心掀翻了杯子，整杯的咖啡倾到了我的A字长裙子上，心疼地扬起眉毛，刚想出口不逊，看到季楠来接我。季楠，这个又像亲人又像朋友的恋人，见到他，除了高兴却没有激动，没有激情的女人或许真的老了，像一朵失去了春天的花朵，除了花朝的影调，还有一丝感伤。

我没有什么东西，小小的一只行李箱，除此之外便是满怀的伤痛，只是我的伤痛在心里，没有人看得到。

我答应了季楠的求婚，在那三年间，我曾经和这个叫季楠的男人，谈着一份起码表面看起来风花雪月的恋爱，结婚只是恋爱结出的必然的果。

结婚之前，我去发型屋剪去了一头的长发，季楠不同意，他说我留长发好看，但禁不住我执意要去。他不会知道，在我心里，用这种形式和过去做一场最后的诀别。只有我自己知道，我是多么的不舍。我的眼前仍然是一幅清晰的画面：童谣第一次看见我的长发散落下来，那种错愕的表情，爱到极致竟无法用语言表达出来。

尽管头发仍然会长出来，但却再也不是那一年的长发，那一场不曾开始的爱情，就那样齐根剪掉了，不会像头发一样再生出来，错过了就是错过了。

和季楠去影楼照了婚纱照，那些精美绝伦的照片，看起来不像我，倒像是不相干的什么人。

从影楼出来，接到童谣打来的电话，他在电话中语调欢快地说，你猜我在哪里？我在机场，快点来接我。

我的情绪并没有受到他的感染，平静如水地去了机场。在机场大厅里，一眼就看到了童谣，这个儒雅的男人，即便在一群人当中，我仍然能够一眼就认出他。他还是从前那样闲适温暖的样子，坦然得就像是昨天刚刚分离。

他从口袋里掏出一只通体碧绿的蝴蝶形发卡，上面镶了三颗晶莹的水钻，美得耀眼。他说上次打烂了你的发卡，我买了这个送给你。我伸手接过来，握在掌心里，是一只碧绿、晶莹剔透的蝴蝶，仿佛在我的手心里振翅欲飞，这样美丽的发卡，我却已经没有长发与之相配，我的长发已被我剪去，一切都是宿命，注定要错过这样一场美丽。

童谣像是忽然发现我没有了长发，他有些吃惊地问，你为什么剪去了长发？

我抬起头，下巴微微地扬起，对着他甜甜地笑了，然后说，恭喜我吧！我要结婚了。我听到自己的声音很空洞，仿佛在很遥远的地方响起来。

童谣看了我一眼，然后又看我一眼，仿佛一眼便要把我永远记在心底，他淡淡地亦是轻轻地说，我刚刚离婚了，回北京就是为了结束一段早该结束的旧日时光。

我闭上眼睛，眼泪被我忍成了另外一种形式，童谣恍然间成了我隔世的一滴泪，就这样错过今生，心一寸一寸地被泪水灼伤，渐渐地，漫过我的睫毛，不可遏制地流下来。

花 语

一

时雨呆呆地看着窗外，暮色四合，不知道许健此时此刻在做些什么，想给他打电话，伸手拨那个熟悉的电话号码，可是却不知道该和他说些什么，只能又挂断。

下班时在工作室门口，时雨和她的助手温迪相遇，温迪出去联系展演的事儿刚回来，一脸笑靥如花地说，时姐姐，晚上有没有约会？不如我们一起去做面膜，然后我请你吃饭如何？时雨温和地说，改天吧，我有约。温迪嘻嘻哈哈没心没肺地说，是约了姐夫吧？真羡慕你们，结婚好几年了，仍然那么恩爱。时雨看着温迪没有城府的样子，心中来来回回转了几个圈，有些把握不定。不过也很难说，写字楼里的女孩都修炼成精了，即使是恼怒也不会挂在脸上，更不会露出尾巴，自己不也是这样吗？时雨开玩笑地说，小丫头思凡了，动了春心，还等什么？快把自己嫁出去吧！温迪说，切，可惜我命中的真命天子还没有出现。

二人在公司门前分了手，走出去老远，时雨忍不住回过身来看温迪的背影，二十四五岁的年纪，有如青橄榄一般透着涩馨的脸蛋，张扬的青春仿佛要透衣而出，职场女人训练有素的职业微笑，尽管有些空洞，但对男人来说仍然有杀伤力，是一种无形之中的致命诱惑。

时雨感慨，年轻真好，有着大把的青春，可以无所顾忌，可以肆意要自己想要或喜欢的。时雨悲哀，和这样一个年轻女孩做对手，岂有不输的道理。

二

其实时雨并没有和什么人约会，一个人匆忙地回到家中，许健还没有回来。洗了澡，换上睡裙，从冰箱里取出一瓶矿泉水，陷在沙发里慢慢地喝着。寂寞无边地漫上来，抵挡不住时，时雨想，当初还不如听了许健的话，要一个baby，何至于如此，寂寞时身边竟无一个人开解，一个人独自对着大房子发呆。可是今天以前她还对许健说，要趁年轻多做点事，等事业有了起色再要baby也不晚。这样竞争激烈的社会，她怕一不小心被淘汰掉，怕生完了baby就再也没有自己的位置了。这些想法跟许健说不通，许健说还有我养着你，你有什么可害怕的。时雨气鼓鼓地噘着唇，引逗得许健想来吻她，说她生气的时候别有韵致。

时雨从法国学习时装设计回来，是因为许健一直在等她，等了七年，她不得不给许健一个说法。另外，许健的温柔和千般怜爱让她想起来就心跳。

手机在茶几上响起来，吓了她一跳，最近不知怎么老是走神。是许健打回来的，说晚上不回来吃晚饭了，让她自己出去吃。时雨说不想动也不想吃。许健就紧张地问，不舒服啊，等着我，马上回来。时雨忽然间有些感动，带着微微的哭音，像一个受了委屈的孩子似的说，等你应酬完了再回来吧，我很好。挂断电话，时雨有些想哭的冲动，从前许健也是这样的，对她的爱无微不至，可是她好像已经习惯到没有感觉。今天听着许健那么普通的问候竟然会感动，想来是心境不同吧。

三

时雨下午去邮局拿同学从国外寄来的资料，顺便去给许健的手机交费，1200多元的话费单子让她感到意外，回身对电信小姐说，是不是搞错了，怎么会这么多。电信小姐于是把一张从微机里打出的明细单子递给她。一个熟悉的电话号码跳进她眼里，是温迪的手机号码，她是熟悉的，她觉得刺痛，除了通话之外，还有短信，最长的一次通话竟有一个小时零十二分钟。一向处变不惊的时雨手抖得很厉害，那一张单子便如蝴蝶一般飞逝在风里，时雨一路追过去，被一个男人拣起来还给她。她甚至忘记说一声谢谢，更没有抬眼睛看对方一眼。

男人三十五岁是黄金年龄，而时雨刚刚三十岁却迫切地感到青春即将远逝的无奈。她常常会在夜里做一些梦，梦见自己被陌生人追杀，赤着脚一路奔逃；被大雪淹没住，近乎窒息。醒来，赤着脚走到窗边，拉开厚厚的丝绒窗帘，夜色透窗而入，几颗星星暗淡地挂在天边。心灰，摸一把却没有眼泪掉下来，真的到了不需要眼泪装饰的年龄了吗？

许健回来时已近午夜，这样的应酬时雨从来不曾追问过，在相对宽泛的氛围中给彼此相对的自由。可是今夜，在她看来，似乎有些不一样。她打量许健，面颊有些潮红，给她带了爱吃的凉皮，他绕到沙发后面吻她的脖子，一面问时雨到底哪儿不舒服。时雨跷起一根手指头指着胸口不说话。许健说，呵呵，不会是你的一房一厅又有新人进住吧！时雨明白许健的玩笑，一房一厅是指她的左心室和右心室，便负气地说我的房间小，只能住得下你一个人，不像你那么没良心，七年的恋爱，三年的婚姻，却只占住了你房间的一角。许健看时雨的神情恍惚有些不对，便说，臭时雨，说那些没心没肺的话刺激我，我这一房一厅除了你再也住不下别人，要不要人家把心挖出来给你看看啊！

许健在时雨面前说疯话说惯了的，因此说得很溜，时雨也就当笑话照单全收。

四

这两天时雨常常发呆，看着温迪在她面前走来走去，长长的腿，丰满的臀，明亮的眸子，使她大受刺激，她的心中只有一个念头，他们是什么时候走到一起的呢？狠心的许健真是没出息，兔子还不吃窝边草呢，竟在自己的眼前下手，时雨不能想，一想起这些心中有如烧开的壶水。

温迪扭着屁股走过来说，你怎么了？这两天老走神。时雨回身看到温迪探寻的目光，觉得她有些做作。

温迪只去过时雨家一次，具体是为了什么事儿，时雨现在已经不记得了。

时雨住的二层旧楼房，房前有一块巴掌大的田，别人家都种上时令的菜蔬或搭上葡萄架，唯独时雨的小园子里用鹅卵石砌了一个小小的花圃，种上在巴黎郊区弄来的玫瑰，虽说玫瑰来到时雨家的小园子里，多少有些水土不服，可是被许健侍弄得很茁壮，开出来的花朵小是小了一些，却是一样的浓郁芬芳。温迪蹲在花枝下，嘴里嚷嚷着，时姐姐，是你种的吗？时雨用下巴点了一下从门里刚刚出来的许健。时雨现在想起许健当时的神情，竟有些茫然。心里嘲笑自己的弱智，被简单的幸福冲昏了头脑，所谓的引狼入室大约就是这样的吧！

时雨的若无其事维持了还不到一个星期，看许健没心没肺，并没有悔过的意思，越想越气，竟挑衅似的跟许健吵了一架。

那天时雨躺在床上看亦舒的旧小说《蔷薇泡沫》，从出了校门，许多年来，时雨都不曾看过这样的闲书，此刻因为万般无聊和毫无头绪，因为无从说起的心事，因为烦闷和抑郁，从书柜里拿出当年许健买给她的书乱翻。许健从浴室里出来，看见时雨心不在焉的样子，走过来把书合上了说：臭时雨，有什么不开心的跟我说说，就不要拿这哑巴物出气了。时雨没好气地把书摔到地上说，我拿你出气，可以吗？两个人来言去语，几句不合就吵了起来，声音大到邻居都能听到，每一场战事总是以这样开局。

时雨问许健手机话费的事儿，许健梗着脖子像好斗的公鸡说，关你什么事儿？世上再也找不到你这么不可理喻的人。在此刻，时雨听来分明是在掩饰，心痛得如刀割一般，一只手捂住胸口竟说不出话。许健急忙过来扶住她，看见泪流满面的时雨，有些心软，可是没有台阶顺下，又无从说起，只能沉默着。他的沉默引起了时雨更大的不满，把他看成了死不改悔。冲口而出地说，许健，现在流行电话做爱，想不到你真开放啊，你真让我恶心。许健心痛如漂萍，竟有些站立不稳，他闭上眼睛瞬间又睁开，说，时雨，好，好，你觉得心里不平衡可以去找别人，别在这里吃莫名的飞醋。

时雨赤着脚，飞一般地跑出了家门，身后传来许健喊她站住的声音，可是愤怒使她停不下来。她一个人跑到酒吧去喝酒，迷醉的灯光和恶劣的心情，使时雨喝了一杯又一杯，不能罢手，喝到有了醉意的时候，她伏在桌子上掉眼泪，像一个怨妇。不知过了多久，她被一个男人扶走了，此刻她已不能反抗，四肢绵软，手脚无力，急怒攻心，大脑不甚清晰。迷糊之中她跟那个男人上床，男人把她轻轻地平放在床上，吻她的眼睛、鼻子、耳朵，最后落在她的唇上，要进入她的身体的时候，她的心有一丝微微的震颤，她眩晕起来，似曾相识的手语使她想起了许健，可是那只是一闪而过的瞬间的意念，接下来便是清晰地到了另一种境界，她想对他耳语，可是身上却没有一丝力气，却如飞在云端一般的感觉，使她像一个贪玩的孩子，不肯舍弃。

五

时雨病了，病得很重，说胡话，醒来时已是第二日的黄昏，昏黄的阳光透窗而入。住在医院里，许健常常来看她，送她玫瑰。许健拉着时雨的手说，想不到你这样介意，让我来告诉你手机话费的事儿好吗？我的手机是全球通，上个星期同事出差，跟我交换手机用，我同事正在追你的手下温迪小姐。你上来就问我手机话费的事，我根本没有反应过来。

时雨有些羞涩地伏在许健的臂弯，想起前尘后事，自己像个弃妇一般的恶劣表现，不由得微微地笑了说，以后不要买玫瑰送给我了，那么贵，我们积攒些钱，要个baby吧！许健抱住时雨的头乱亲起来，嘴里一边哼哼唧唧地说，臭时雨你终于开窍了，不过玫瑰不是我买的，我才不会花那些冤枉钱，我是在咱家园子里剪的。许健的脸上满是得意的笑。

时雨气不过，微微歉意地说，你也别高兴太早了，那天晚上我梦到跟别的男人上床。许健忍不住哈哈大笑起来，伏在时雨的耳朵边上说，以为有艳遇啊，别臭美了，那个男人是我，那晚我一直跟你到酒吧，看到你绿了一双眼睛正对着别的男人放电，我气晕了，所以那晚没有放过你，感觉如何？

时雨的脸上顷刻飞上一抹红晕，娇嗔道，等我好了，看我怎么收拾你。许健大笑，谁收拾谁还不一定呢！

良久，许健又说，你是我的妖精，我是你的归宿，一辈子都甭想解开的结。佛说，前世五百次回首，才换得今生的擦肩而过。前世你是一个轻唱流年的女子，而我是你房前的一棵树，日日窥你美丽的容颜，听你婉转的音律，那时候我就立下誓言，下一世与你相随不弃，到永远。

开始，时雨凝神倾听，因为从不见许健如此郑重地和她说话。许健说完，她伸出一只手摸许健的额头，自言自语道，不发烧啊。许健不好意思地笑了，自嘲道，刚才短路。

温迪来看时雨，抱了一怀的百合，一脚门里一脚门外之际，看见时雨和许健和好如初，嘴里嚷着，我来得不是时候，呵呵。

风从哪儿来

一

一天，公司里来了一个年轻的女子，叫叶萱，大家都跑去看，说她简直是舒淇的翻版。

在电梯里遇到她，果然很出色，身材一流，气质一流，行动袅娜如风，比那些青涩的小女生更多了成熟的韵味。在公司里，上至老板，下至公司的保洁人员，所有人的目光，无一例外地成了X射线，生吞与活剥大约便是如此吧！

那些艳羡、嫉妒与不屑的目光追逐着叶萱，衬托得她更加从容与雅致，淡淡的一笑，仿佛风扫落花，亦如仙女的彩袖，轻轻一舞，便扫落了所有的暗器。

女人与女人之间很容易沟通，即便不能成为朋友。我曾和叶萱一起趁午休时间去逛街，叶萱买内衣的尺寸是34B的文胸，23的纤腰，让我感叹造物主的神奇。和她一起去做SPA水疗，叶萱把衣服一脱，站在花瓣缤纷的氤氲中，立即便会成为全场女人目光追逐的焦点。

闲下来的时候，办公室里那些无聊的女人会讨论叶萱是怎样保持体形的，得出来的结论有两点：第一不吃零食，第二坚持经常做运动。叶萱听了不置可否地笑笑，嘴角微微地上翘，那笑容当真能迷死人。

对于叶萱，除了女人之间那种本能的嫉妒，剩下的就是欣赏，就像我欣赏苏阳一样。晚上回到家里，枕在他的臂弯里说，公司新来了一个女子，三围比舒淇还舒淇。我笑嘻嘻地问他，男人是不是都喜欢这样的女子？苏阳不起劲地说，别三八了，快睡吧！我意犹未尽地闭上了嘴。

二

公司放大假的时候，我和叶萱相约去云水渡爬山、钓鱼。见面时才发现叶萱带来了她的同居男友，一个三十岁了仍不肯结婚的男子。我咂咂嘴说，你这样的女人，名花有主，真是可惜，不知道会害多少男人郁郁不欢。叶萱听了笑道，姐姐真会取笑。叶萱的笑容还有说话的语气极像一首上世纪三十年代婉约派的诗。

我偕老公苏阳前往，苏阳并不愿意参加我们这样的派对，说有那时间还不如晒晒太阳，但经不起我的软缠硬磨。

叶萱的男友叫林杰克，长得瘦瘦的、高高的，穿着黑色衬衫，棉布裤子，运动鞋，长发齐肩，飘逸且雄性味道十足。他嫌苏阳车开得慢，抢过去亲自驾驶。一路上风驰电掣，飞一般，我兴奋地大声尖叫，吹口哨，很久没有这么开心和刺激了，平淡如温吞水一样的日子使我厌倦，可是却没有勇气舍弃和选择。

林杰克转过头看我一眼，笑意深深地写在眼里。

苏阳也转头看我，像无意之中的样子，可是我知道他是对我不满，他的不满清清楚楚地写在眼睛里。他不会发作，他只会把他对我的不满埋藏在心里，他在任何时候都是斯文有礼的。

尽管苏阳只是个商人，但却是个极儒雅的人，头发整齐干净，梳理得一丝不乱，衬衫的领子、袖口永远是干净的，纤尘不染，裤子只穿烫过的，做任何事情从来都是条理清晰，几乎从不出错，都是些好习惯，可是却让我无法忍受，无法忍受他的完美与优秀。但是我却欣赏他，就像欣赏叶萱。他希望我做个淑女，可是我却一再地让他失望。我是那种穿高跟鞋不会走路，永远只穿牛仔裤的女子，从不画口红，讨厌杯子上留下唇彩印痕。

原本，我和苏阳是两种完全不同类型的人，可是我却做了苏阳的女人，却也很幸福。

那天上山之后，林杰克去猎一只兔子，身手矫健，身上散发着男性的阳刚之气，我在旁边拍手，为林杰克加油，林杰克回头，把食指抵在唇上，示意我小点声。我有些扫兴，跑到苏阳的身边坐下，苏阳正在钓鱼，我叽里呱啦地和他讲昨天晚上看过的电视剧《结婚十年》里的情节，笑嘻嘻地问他，你说我们将来会不会也像他们那样？苏阳皱着眉头，示意我不许出声，说我把鱼儿都吓跑了，我只好转身闷闷地坐在石头上，看叶萱烤鱼。

林杰克很快把兔子抓回来了，把他带来的那些藏刀、兵刃什么的摆了一地，大材小用地用来剥兔子皮，血淋淋的，叶萱不敢看，我就在边上给林杰克帮忙。

叶萱的手不小心被树枝划破了，捏着手指站在那里，脸色苍白，我喊苏阳过来，帮忙给叶萱粘一块创可贴。苏阳慢腾腾地放下渔竿走过去。

三

暗香浮动的午后，我和叶萱一起去喝咖啡，聊一些不咸不淡的话题，女人和女人之间的话题，不甚明了，却又脉络清晰。不知怎么就说起了林杰克，叶萱说林杰克时，脸上是那种幸福的生动，夹杂着苍茫遥远的复杂表情，她说林杰克是个强悍的男人，喜欢军刀和兵刃，飙车、潜水，纯男性的运动，霸道，甚至野蛮。叶萱有些羞涩地说，第一次，林杰克几乎没有问我愿不愿意，就把我扔到了床上，暴风骤雨过后，看到叶萱缩在床角掉眼泪，像一朵带雨的梨花，林杰克看到雪白的床单上的一点处子的落红，开始感觉到问题的严重性，把叶萱抱于膝上千般怜爱安抚，叶萱才慢慢止住抽噎，然后才想起问她愿不愿意。而后他们同居了。

纯粹女人间的话题，叶萱说的时候仍然会脸红，可是却不甘示弱地展示着她和林杰克的幸福与恩爱。

叶萱说这些话的时候，我看着窗外，无边的繁华，车如流水，人如潮，可是我却没有看到，我看到的是叶萱和林杰克纠缠在一起的画面。

我讲了苏阳，没办法不讲，不然叶萱会以为我是在探听她的隐私。

苏阳是那种文雅的男人，喜欢收藏古币，喜欢淑女。做爱时，细致的手语，千般的温柔体贴，蚀骨的眼神，即便疯狂如我这般的女子，在他的注视之下，仍然会收敛不羁与野性，开成一朵最温柔的花儿。苏阳从不勉强我，他不勉强任何人做任何事。

我说这些话的时候，叶萱这个烟行媚视的女子，一直低垂着头，露出颈间的一块象牙白，细腻、温润。

四

有一天夜里，夜凉如水，窗外的一弯新月，朦朦胧胧地照在窗纱上，影影绰绰，我枕在苏阳的臂弯里，有一句没一句地说着公司里的事。忽然我问他，你觉得叶萱如何？苏阳淡淡地说，不错啊！我窃窃地掩嘴而笑，你不会是看上人家了吧？据可靠消息，到目前为止，只要叶萱为之心动的男人，还没有哪个能逃掉。苏阳不耐烦地说，瞎操心，当心老得快。苏阳的话一向都是真理，尽管是在被窝里，尽管声音很轻，却让人觉得不可违逆。

第二天上班，没到中午就传出了一个特大的消息，足有八级地震之强烈，公司里的那些小男人、小女人们兴奋得像无头的苍蝇，到处乱窜，打探消息。

下班之前，叶萱的故事在公司里已经传得纷纷扬扬，并且有两个版本。很多人为这件事儿争得面红耳赤，各持己见。

有人说，老板早晨在办公室里调戏叶萱，未遂，结果还被叶萱抓破了脸，还被告到总公司去，老板不日将被总公司撤职；也有人说，是叶萱早晨到老板的办公室里请示工作，轻薄老板，结果老板不从，被老板辞退，不日将卷包滚蛋。

对于这两个八卦版本，我更愿意相信前一种。很多人都无心工作，都在等消息，这样的桃色事件，无疑给沉闷已久的办公室增添一个调侃的话题。

没用十分钟的时间，隔着玻璃，我看到叶萱灰头土脸地从老板的办公室里出来，一句话都没说。随后，老板绿着一张脸从办公室里出来，额头上果然粘着一块创可贴。尔后，他们双双都没有再来上班，消息的版本被一些无聊的人改为偷情。打死我都不相信，叶萱会和那个看上去让人讨厌又恶心的男人偷情。

晚上，苏阳很晚才回家，我对他说了叶萱和老板的事儿，苏阳睁大眼睛，明显有些激动，他说，准是无耻的上司调戏叶萱。我淡淡地说，男女之事很难界定究竟谁对谁错，不过叶萱看上去斯斯文文的，又很漂亮，不会对那样一个大肚腩又秃顶的男人起色心的。苏阳还想说什么，见我无意继续，便转过身去闷闷地睡去。

五

叶萱就那样离开了公司，走得很匆忙，甚至没有来得及跟我道个别。来拿东西那天，只是隔着玻璃跟我点了个头算是打招呼，看得办公室里的小赵，一个帅气的小伙子唏嘘不已，直叹红颜薄命。叶萱就那样游离到我的视线之外，仿佛从来就没有与我的生活相交过，仿佛从来就不曾认识过，一切又恢复到从前的样子。

苏阳坐在沙发上看电视，或修剪阳台上那盆木本海棠的时候，偶尔会漫不经心地问起我关于叶萱的消息，一两句，很淡漠的样子。可是我跟他一样，也是什么都不知道。我说叶萱不是那种女人，苏阳便哦、哦地不再搭言。

不知从什么时候开始，苏阳忙碌起来，应酬很多的样子，每天午夜过后回到家里，听到钥匙开门的声音，我便闭上眼睛假寐，侧耳听苏阳轻手轻脚地进门，换拖鞋，喝水，洗漱，然后回到卧室，在我的额上轻轻地印下一个吻，我顺势拱进他的怀里。

春天就那样不经意地到来，风轻轻地吹，仿佛吹醒了沉睡一冬的身体，心中有一种柔软的东西在疯长。去上岛喝咖啡，偶然想起以前和叶萱泡在这里，讲林杰克、讲苏阳，女人间永远有说不完的话题，那种友谊只是建立在脆弱的女人与女人相通的基础上，像那些记忆的碎片。

半年后，出差到香港，在满大街的英语加粤语的混沌声中，我意外地接到林杰克的电话，纯正的乡音，立刻使我有了亲切感，只是他说了一声你好之后，就停在那儿，没有下文，我也不知从何说起，彼此沉默了两分钟，挂断电话，我摇摇头笑了，林杰克这个家伙。

出差回来，拿到假期，一个人百无聊赖地去街上逛，路过苏阳的公司，偶然兴起，踟蹰了一下，心中想着上楼去给他一个惊喜。在格子间，一大群女孩子围上来问长问短，说苏太太好久都没来了，问我衣服的品牌，香水是哪种调系的，前味如何，后味如何，如同考试一般地应付苏阳手下这群难缠的女孩。一转头，忽然看见一张桌子上放着一只进口的喝威士忌的透明的杯子，心中一动，从前叶萱总是用这种杯子喝绿茶，她喜欢绿茶，除此之外，很少喝别的东西。女人的第六感总是很准，我回头扫视了一圈，果然看见叶萱从茶水间的方向出来，手里端着一杯咖啡，看到我并没有很意外的样子，和我打招呼，仍然是很亲近的口吻。

我说叶萱你怎么在这里?

叶萱笑道,我在这里上班,怎么苏阳没有告诉你吗?叶萱的身上比从前多了沉稳与从容。

我脸上的笑容僵在心里,忙说他有告诉我,是我忙昏了头忘记了。

叶萱说有事儿,先去忙了,走了几步,又回身做了个打电话的手势,说有空一起去喝茶。叶萱比从前少了伤感,多了睿智。

我看着她的背影,黑色的没有纽扣的衣衫,长裤,不见得多么华贵,但却摇曳生姿。我的心情无端地坏起来。看不见硝烟,还没有来得及正面交锋,不经意间便有了挫败感,我有些怒自己的不争。

六

夜里,苏阳不回家,我便不能睡,抱着一本女性杂志"哗哗"地乱翻。

苏阳应酬回来,脸上微微的潮红,灯光下看得亦很清晰。我扔了书,打趣道,有艳遇?何故春风满面?没想到他一下子变了脸色,愠怒道,别胡说,小心我割了你的舌头。

从前彼此也开玩笑,苏阳从没有如此认真地正面回答,总是淡然置之。

苏阳大约也觉得自己过分,走到床边坐下,拥住我问:清风不识字,何故乱翻书?我假装生气不理他,他便刮我的鼻子,逗我笑。

一个男人怕一个女人生气,还肯低声下气地俯就她,哄她,大约还残存着一点爱吧!抱着这样的幻想,于是跳下床说,老公,你看我这件灰绿的睡衣如何？苏阳的眼睛亮了一下，然后说，怎么肯委屈自己穿成这样？忽然觉得心中灰灰的，几乎滴下泪来。他是懂我的，他知道我是为了他才穿成这样。透明短小的吊带睡衣，八百多块，精致、妩媚、奢华。

那一夜，相拥而眠，温情中，我却清晰地感到，像风行走于旷野，孤独、无依，还有距离。

我和苏阳之间紧张、陌生、遥远、客气，彼此尽量不去触及那块中间的空白，给自己留白，给爱情留白。

压抑使我迷失，用疯狂购物来缓解，买了一大堆的衣物饰品，静下心来一件一件翻看，却原来都是叶萱选择衣饰的品位，恨恨地把衣服摔到柜子里，又一件件拿出来，穿在身上，对着镜子，原来一样可以穿出叶萱的效果，从不曾试过如此穿戴，高跟鞋虽然能体现女人韵味，可怎及一双平底鞋来得舒适？镜子前，栀子花一样的女人是我，我不想做叶萱，违心，是为苏阳，还是为了一场输赢？

一天，苏阳回来得很早，几乎是踩着下班的时间进了家门，我有些意外，但还是很高兴，讨论着出去吃，还是自己动手做。忽然发现苏阳衬衫的衣领处，一个清晰的口红印痕。我对苏阳还是了解的，他不会故意挂这样的幌子给我看，一定是叶萱给我下的战书。我不能再视而不见，也不能再骗自己，问苏阳，为什么？

苏阳几乎是瞬间就明白了我说什么。苏阳说，因为你，因为你一次次地在我面前说起她，把她说得那么好，男人是经不起诱惑的，所以当我在街上遇到她，我忍不住……

我呆掉了，大喊，不，这不是理由。

我冲出门去，来不及想去哪里，我开着车，跑在高速公路上，无法思考。拨林杰克的手机，很快就通了。林杰克兴奋地问我在哪里，我说想和他聊聊，于是约了在一家酒吧见面。其实我的本意只是想找他说说苏阳和叶萱的事儿，可是见到他却无法把持自己。

林杰克依旧是那样随意的衣着，见到他我就明白我想要什么，所以任凭林杰克带我去他的家里。他和叶萱的屋子很小，六七十平方米的样子，想来生活一定是捉襟见肘。林杰克把我扔到床上，那种感觉是和苏阳不一样的，肆意、妄为、霸道。

林杰克喘息着说，我想你很久了，没想到真的会有这么一天，都怪叶萱把你说得太好。林杰克的眼神是纯真的，我看着这个比我小的男人，又一次怔住了。

跌跌撞撞，我不知道我要去哪里，原来爱情于我却是那么的空洞，风没有方向地吹来，我伏在方向盘上，眼泪忍不住，还是掉下来。

繁花开过

一

那时，我刚接了一个活，给一家广告公司拍两组关于时装和婚纱的照片。恰逢北方的一座城市开时装博览会，朋友陆离建议我去玩玩，散散心。主意打定了，立即动身。

临走时，陆离说他的朋友徐行会到机场来接我。因此一出机场我便左顾右盼，透过人流的缝隙，我细细地打量着，周围的人没有一个像是接我的徐行，心中不禁焦躁起来，于是掏出那张写着朋友手机号码的小纸片，按照上面的数字组合，一拨果然就通了，可让人意想不到的是，手机铃声竟在我的对面响起来，我循声看过去，一个二十八九岁的女子站在我对面两米不到的地方，个子很高，穿着黑色丝质上衣和同质地的宽脚裤，上衣用一根细细的带子束着，没有一粒纽扣，脖子下面露出一块V字形白皙的皮肤。一头的长发，稍微卷曲，泛着健康的亮泽。

我问，你是徐行吗？可找到你了。

她浅浅地笑着摇头，笑容很轻很淡，仿佛拒人于千里之外。是徐行让我来接你的，我是林芷末，叫我末儿就可以了。

末儿不说话，上了她开来的一辆白色丰田。一路上，街灯流光溢彩，照亮了这座暮色中美丽的半岛城市，令人觉得仿佛行在画中。末儿开车时的神情很专注，她身上的香水味淡淡地飘过来，我不禁深吸了两下，这是来源于原始的春泉湖和北爱尔兰的急流的海洋味香气，是她身上最活跃的味道。

我无法说清楚对她的感觉，她沉默，冷淡。

车子一直向南开，我觉得是，实际上在这夜色里我已无从分辨，越来越清凉的风，越来越浓重的咸腥，车子一直开到海边停下来，我才想起来问她安排我住哪家酒店，她淡淡地笑了，街灯下模糊不清的样子，她说，住我家里。我扭捏起来，毕竟我是男人。问她，这样是不是有些不太方便啊？她不答，锁了车门，进了小区，保安殷勤开门，我提着简单的行李跟在她身后。上楼之后，她领我进了一个房间说，不早了，你休息吧。

她的声音很好听，有一种牵引的力量，令人无法抗拒，我顺从地上床躺下，脑袋里想着她淡淡的笑容，不知道什么时候睡着了。

二

第二天醒来，已经是一屋子白花花的阳光了，隐约听见海浪的声音，忍不住赤着脚跑到宽大的露台上，我立刻欢呼起来，大海就在我眼前不远的地方。以前也住过临海的房子，只是夜里老是睡不着，从没有像现在这样让我兴奋。

末儿在餐厅里喊我吃早点，我赶紧擦了把脸过去，她换了居家的衣服，看起来不再那么冷漠，有一种说不清的亲和力。早餐是鸡蛋、牛奶、燕麦面包，我三口两口吃完。

吃完东西，末儿说，从今天开始，由我负责你的行程，上午你自由活动，下午由我陪你逛街看海。末儿说话的语气完全是公事公办，完全不像是刚刚给我煎过荷包蛋的末儿。我连忙小心地问她，为什么由你负责我？末儿说，是徐行给我安排的任务，不满意可以找徐行投诉。我不由得笑了，有美女相伴，我还有什么不满意的呢？

末儿去上班，我搭她的车去看时装展演，顺路逛到海边。一直到下午两点末儿才给我打电话：你在哪儿？我去接你，徐行现在有时间，要给你接风。

徐行这个名字从陆离和末儿的嘴里说出来好多次，我早已对他产生了好奇。终于在汉斯啤酒坊里见到他，亲切、开朗、富有感染力，很年轻，是成功男人的那种姿态，对衣着有独特品位。

他和末儿一见面就吵起来，末儿摔门而去，我不好追出去，看徐行，他像什么都没发生过似的，仍旧谈笑风生。

三

之后，末儿陪我去了很多地方，她上午工作，下午陪我观光，晚上去看时装展演，时间安排得很紧张，她很快清瘦下来，但脸上却明显多了笑容。

她对这个城市很了解，她给我讲解那些各式风格的建筑，鸽子在她身边掠过，飞向蓝天，我有些恍惚，觉得和她认识很久似的。

在一个不知名的小馆子里，吃海菜蒸饺、辣炒蚬子、清煮海螺，她兴奋得像个孩子。我不解地看她，她不好意思地笑了，她说她去法国之后再也没吃过这些东西，这么纯正的家乡口味。我也笑了，这些东西离你这么近，想吃还不是随时都有。她说，我回来才半年，在徐行的服饰公司做服装设计师。

穿街而行，路过快车道时，疾驰而过的车发疯一般地冲过来，走在我前面的末儿正回头想和我说什么，我一把把她拉回来，嘴里喊着：小心。由于用力过大，她收不住脚，被我带到怀里，她吓得面色灰白，嘴唇没有血色，在我的怀里半天才缓过气来。我搂着她不由得血流加快，心跳个不停，我再看末儿，脸上已布满了红晕，正在挣脱我的手。我松开她，一边说，刚才真的很危险。她点头。

这是那次旅行当中的一个小插曲，可是给我的印象却很深，一直不能忘怀。末儿很浅的笑，仿佛有一丝淡淡的忧伤伴随在其中，像一朵带着朝露的百合，很吸引我。

我想我有些喜欢她。

四

夜里口干舌燥，起来找水喝，路过末儿的房间竟听到里面有动静，驻足细听，竟似做爱的喘息声，心中疑惑不已。早晨起来竟发现徐行在末儿的房间里，我无法说清心中的感受，有如打翻了五味瓶。末儿并没有跟我解释什么，眼睛里的神情又回到了从前那般淡漠的样子。

我走之前的那个傍晚，我拉着她去酒吧喝酒，她顺从地把手放在我的掌心里，没有抽回。渐渐地，她有了醉意，把头埋在酒吧的绿格子桌布上，我想她是哭了。我没有劝她，我在等待。果然她情绪稳定下来之后说，我明白你的心思，我和你是没有结果的。只这一句，就让我的心痛得厉害。我说，末儿，没有试过，别太早下结论。她摇头，仿佛下了很大的决心似的。她说，我是徐行的情人。我隐隐地感觉到了，可是从她的嘴里说出来，我仍然不能接受这个事实。她说，我去法国留学前就是他公司里的职员了，是他出钱让我去法国的。

末儿的眼泪流下来，已不能说话，我心痛不已，我除了心痛，不知道自己还能做什么。大约过了一个小时的样子，已是暮色四合，过了今晚，从此将陌路天涯，有一种叫绝望的情绪弥漫在我和末儿之间。末儿说，你抱我一下可以吗？我站起来，轻轻地拥末儿入怀，心中无欲无望，无喜无悲，心隐隐地痛。末儿说，为什么是在错误的时间里遇到你？为什么？

我无以作答，因为我也不知道。

五

走的那天，天空中飘洒着蒙蒙细雨，一如此时晦暗的心情。末儿没有来送我，落寞就像光阴，看不见，摸不着，却与我形影相随。世上最遥远的距离不是生死相隔，而是我站在你面前，却不能把我心里想说的话告诉你，不能说我爱你。就像我不能对末儿说我爱你一样，因爱而痛的印痕，深深地刻在心间。

繁花开过，我只看见爱情的影子。

忧伤的百合花

一

家里一直养着一盆百合，放在角落里，长长的茎的尽头，是一朵白色的忧伤的花朵，淡淡的、一副与世无争的样子，寂寞得让人心疼。那是我最初对百合的理解，我的性格有些像那盆百合花，是内向的、羞涩的，跟陌生人说话都会脸红。

第一次见到郁文，那年我十六岁。

他坐在我们家客厅的沙发上和父亲闲聊，我放学回家，在客厅里踟蹰了一下，不知道是不是该过去和他打招呼。父亲招手让我过去，说，快见过郁文叔叔。我不知道说什么好，拘谨地站在他面前，郁文伸手在我的短发上摸了一把，转头对父亲说，我还以为她是个男孩子呢。我不敢看他那安静而又明亮的眸子，心竟然莫名地快跳了两下。逃似的离开了客厅，回头看见郁文正对着我的背影微笑，那似曾相识的笑容像一朵花开在心间，暖暖的。

夜里第一次睡不着觉，眼睛一眨不眨地盯着屋顶，却看到郁文微笑的样子，我吓了一跳，拉过被子蒙住头。

之后，我考上了省城的一所医专，父亲高兴之余在饭店里摆了几桌表示庆贺。席间，我看到郁文和父亲坐在一起，交头接耳地说着什么。他专门从另外一座城市赶到我的家乡为我庆贺。我心里当然很清楚，他与我父亲的私交甚好，没有父亲他自然不会特地跑到异乡，单纯地为一个只考上三流大学的黄毛丫头去庆贺。

可是，不管是哪种原因，再次见到他我真的很高兴，借着薄薄的酒意盖脸，我端了杯酒去找他碰杯，我掩饰着内心的慌乱，故意摆出一副淡淡的样子说，郁文哥哥，谢谢你能来。他豪爽地笑了，说，你这孩子，喝大了，是不是高兴的啊？连你郁文叔叔都不认识了。

其实我心里很明白，可是我不想叫他郁文叔叔。我转过身吐吐舌头，拍拍胸口，心中莫名地兴奋和难过。

过了两天，我到学校去报到，是郁文送我去的，因为他要去省城办事，和我顺路，父亲放心地把我交给了他。

上了他的切诺基，我的心便开始放松，任由他把破吉普车在公路上开得飞一般。不觉间我竟然睡着了，醒来之后，才发现我的头落在了郁文驾车的胳膊上，他就那样一只手扶住方向盘，一只手臂承受我头的重量。

我坐正身子，望着车窗外，外面的景物纷纷地向后闪去，心中犹豫着，觉得这是和郁文说几句心里话的绝好时机。不知怎么，心怦怦地跳，仿佛不受自己的控制一般。我鼓起勇气说，我是不是可以叫你郁文哥哥？我会把头发留长的。郁文看了我一眼，仿佛一直看到我的心里，他说有什么区别吗？我说当然有。说这些话的时候，我不敢看他的眼睛，他那深深的明亮的眼睛有如一潭纯净的湖水，我担心自己会溺水而死，我迫切需要一根救命的稻草。

二

大学生活好像比高中生活更加丰富多彩，同学们都在忙着谈一场场没有结果的恋爱，只有我例外。系里的男生追我，我爱答不理的，很多男生纷纷“倒戈”，好在我并不计较这些，只有一个叫许健的男生待我如初。男生们用集体的智慧给我起了一个外号叫“冰山”，我并不介意，相反倒是有一点点喜欢这个绰号。

有一天，同宿舍的一个女生喊我，说你叔叔来看你了，正在门口等着呢。我马上猜到是郁文，心立时慌乱起来。可是那个许健非要跟我一起出去，我瞪他一眼，他也不恼，嬉皮笑脸地说，凶什么凶？不就是和你一起去见见你叔叔吗！拗不过他，只能随他去。

在校门口的梧桐树下，郁文和他的破车都停在那里，我的心中不由得一阵狂喜。郁文说，我到省城来办事，顺便来看看你。

他的目光渐渐地落在了我身后许健的脸上，没办法，我只能把许健拉过来介绍说，这是我同学。郁文的脸上慢慢地绽开了笑容，那种笑在此刻的我看来，分明有一种暧昧不清的意思，可是却又无从解释，心中只有干着急的份儿。

郁文带给我一大堆好吃的，还有一个应急用的医药盒。看着他身上些微的尘土和一丝淡淡的倦意，心中不由得痛了一下。忙说，这些东西不用你给我准备，校医室里什么药都有。他说，我当然知道，我怕你急等着用的时候不方便。

郁文带我到学校对面的一家快餐店里吃东西，许健像一个阴魂不散的尾巴似的跟着，我恨不能一拳把他打到南极去，可是脸上又不能挂出来。郁文脸上的笑容疲惫不堪，仿佛是一场红尘倦旅的归来，那时我只当他是累的，因为从他所在的城市开车到我这里，要十五个小时。

那时我根本不知道，他连续开十五个小时的车到学校来，只为给我送一个医药盒，我一直以为他是顺路。

不久之后，我又一次见到了郁文。

因为父亲患肝癌去世了，同样是郁文来接我回家奔丧。坐在车里，心中的哀伤几乎把我淹没，却没有一滴眼泪流下。我开始怀疑自己对父亲的爱是不是足够多，起码没有父亲爱我那么多。

不知什么时候，郁文把车靠路边停下来，他把我揽在怀里，轻轻地说，楚楚，你失去了父亲，我失去了挚友，我和你一样难过，你哭出来吧，会好过一些的。我听到他的声音是那么的温柔，那么好听，仿佛一丝柔柔的风，温暖地撞击着我心灵深处某一根最柔软的弦。我哭得肝肠寸断，朝着公路的尽头大喊，爸爸、爸爸……我回过头看郁文，他的眼睛里已满是泪水，与我遥遥相望。

我的眼泪宣告了我对父亲的爱，这是最直接最有效的表达方式。

那一次是郁文唯一一次抱我。

三

父亲临终时把我托付给了郁文。我常想，如果没有父亲的遗言，郁文会不会照顾我呢？

我和郁文之间的关系很微妙，既像父女，又像兄妹，更像恋人。他给我买吃的，买穿的，替我交学费，我深深地依赖郁文给我的衣食和关爱，像一种习惯。

毕业时，我放弃了留在省城的机会，义无反顾地去了郁文所在的城市。临走之前才发现，身后的那条尾巴无论如何也甩不掉，是许健。我百般劝说无效，下了最后通牒，我对许健说，你还是明智一些，我是不会喜欢你的。许健笑了，露出一口白白的牙齿说，你不喜欢我是你的事，我喜欢你是我的事。平心而论，许健并不令我讨厌，可是我却爱不上他。我不想干涉他太多，只能听之任之。

我打电话约郁文在极地酒吧见面，因为是早晨，酒吧里没有什么人，我坐在一个临窗的位子上，要了一杯杜松子酒，慢慢地喝着，音乐在寂寞中缓缓地流淌。

窗外的树影里走来一个男人，微微地长胖了一些，穿一件范思哲的衬衫，头发理得很整齐，只是目光中已经没有了当初的凌厉，被一丝安静和温厚所代替。尽管我已经很久没有见过他了，可是心中却从来没有停止过对他的想念。

背景音乐是一首《爱一个人好难》，一个男人低低地唱着：……想要把你忘记真的好难，思念的痛在我心里纠缠，朝朝暮暮的期盼，永远没有答案……像是要替我说出我心中想要说出的话。我像梦呓一般轻轻地说，文，我的头发长长了，我不再是一个小女孩了，我长大了，我想知道你心里到底有没有爱过我。

郁文有些艰难地说，我有爱过你，可是不一样的，是亲情那般的爱。我是在替你父亲在爱你，你懂吗？郁文喝了很多酒，唇齿不清地说，别傻了，我比你大整整十二岁，我一直都把你当成个孩子。

我执拗地说不懂，我端着酒杯在郁文面前比画着，你看我这身材不够成熟吗？不够当一个女人吗？全然不顾郁文的难堪。他叹息道，其实许健比我更适合你，将来你就会懂的。我用手臂圈住郁文的手臂，闻着郁文身上淡淡的烟草味，有些迷惑，我眯起微醉的眼睛对郁文说，我让你娶我，你把我拿去吧！眼泪湿湿地流进嘴里。

郁文难过地别过头去，良久，像是忽然想起什么似的说，对了，介绍个人给你认识。他指着吧台前一个年轻的女子对我说，帮我看看如何？尽管他的话说得隐晦，我仍然明白他隐喻其中的意思。

我这才留意看那个女子，很年轻，比我大一些的样子，高挑的身材，穿宝姿时装，看上去和郁文很相配。

郁文向那个女子招手，女人便款款走来，眼波流动，烟视媚行。郁文说，她是莲娜。莲娜伸出一只纤纤素手，你好！

我不得不承认，莲娜是一个美得有品位的女人，而我不过是一只丑小鸭。我并没有和莲娜握手，慌张地夺路而逃。

四

我终于在一家医院谋到了一个当实习医生的位置，生活紧张而充实起来。

一天，忽然收到了郁文的喜帖，他要结婚了。当时看到喜帖红红的颜色我便哭了，泪水淹湿了喜帖上的字。我从没有想过郁文会结婚，有一天会成为别的女人的男人。哭得天昏地暗却没忘记给郁文打电话，拿听筒的手，不听话地抖动起来。电话里传来郁文好听的声音，我便又哭得稀里哗啦，郁文在彼端不说话，一直听着我哭，他对我，好到有些纵容。我说，狠心的郁文，你真的不要我吗？

放下话筒我才想自己说得冒昧，忙掩住口，从前郁文并没有一分的表示，我却如此口不择言，幼稚而又愚蠢。

我跑去找郁文，当疲惫的我有如一片憔悴的树叶一般落到郁文面前时，郁文惊讶地说，你怎么来了？

郁文带我去极地酒吧喝酒，戏称这是婚前最后的一次放纵。我笑着对郁文坦言，不管你有没有结婚，对我来说都是一样的，我不会放弃你。郁文叫着我的名字说，楚楚，你醉了。我没醉。你真的要娶那个女人吗？郁文点头。可是，我看到她去找我们医院的高医生，关系很亲密的样子，傻子都能看得出来。郁文的脸一下子苍白起来。我忽然间有些后悔说出来，想说一句补救的话来安慰郁文，可是又想不出。

郁文忽然间酒醒了似的看着我，一动不动，眼底是深深的怜惜，他的样子让我害怕。他走到我身边，用苍白细长的手指理我额前的碎发，他说，以后不可以再说这样的话，大人的事儿，你不懂。

九月，郁文的婚礼在一家三星级酒店的六楼举行，很低调，只有少数几个人参加，尽管这时的郁文似乎已经很有钱了，可是在我的心中从来没有过什么杂念，他仍然是从前的那个郁文。

新娘子很漂亮，长发高高地挽在脑后，穿着白色的婚纱礼服，层层叠加的蕾丝花边，手里捧着一束百合，长长的茎的尽头支撑着一朵淡淡的寂寞如斯的花朵。那是我喜欢的百合，捧在莲娜的手里，我的心无端地被刺痛。我并没有像我或者郁文想象的那样大闹婚礼，而是悄悄地离去。

五

生活是那么平淡而有序，忙碌的工作使我没有时间去痛，我已经有半年不曾看到郁文了。

一天早晨，刚刚看了两个病人，忽然看见郁文的太太站在我的面前，我愣了一下。她还是那么漂亮，但却隐隐地透着疲惫。她把一个信封递给我，打开来是一张薄薄的纸，是郁文的遗嘱，我忽然觉得眼前有许多美丽的小星星，一直飘、一直飘……

醒来，我迫不及待地给郁文的太太打电话，她很冷寞地笑，说他死了，他原来一直患有先天性三尖瓣闭锁、大动脉转位等病症，他原来早就知道自己活不过四十岁，不然他怎么会娶我？不过也不错，用半年的时间换了他一生一半的财产，你说合不合算啊？

挂了电话，没有一滴眼泪流下来，把手中死命抓着的那张纸，铺开到桌子上，原来郁文把他另一半的财产给了我，除此之外，上面没有一个多余的字。

我坐在房间的角落里吸烟。郁文只有三十五岁，如果可能，我愿意用我余下的生命换取他在世上多留一天，想从前那些往事让我的心刺痛，没有皈依感。初次见到郁文，他明朗的笑容，温润的眼神，一直都停留在我的记忆里，怎么看都不像是一个有病的人。再次见到他，他是沉默的、眼神深邃，然后每一次见到他给我的感觉都不尽相同，疲惫、心事重重、一直到后来的宠辱不惊，细想想，他走过了怎样的一段心路呢？我所能想到的，只有一个字，苦，而我却什么都不知道，什么也帮不上他，除了爱和任性，我一无所有。

春天的脚步越来越近了，阳光明艳丰盈。脱下厚厚的冬装，长长的手臂轻快地舞动在春风里。我和郁文去“龙王塘”看樱花。远远地看着那一片开得正盛的樱花像一朵轻云出岫；置身其中才知道，哪里是一片云，分明是铺天盖地的雪，是花的海洋。我们找路人给我们拍合影，牵着手，踏着落花在花丛中奔跑，尽情地笑，郁文深情地对我说，楚楚，我爱你。我揽住他的腰说，你说什么？我没有听到，大声点。郁文对着纷落的花瓣大喊，楚楚，我爱你……这些樱花就是见证！

我被这无边的幸福淹没了，醒来是夜里三点，我茫然地注视着无边的黑夜，从窗口透进了些许星光，良久才知道，不过是一场梦。我清醒地笑了，像一个妖魅，我终于找到了一个答案，郁文是爱我的，是爱我的。我笑着，眼泪却无声无息地落进枕头里，祭奠我整整六年没有结果的初恋。

爱情本身没有错，错的是时间、错的是人。走在路上，执着地痴迷于自己的梦想，不肯错过那一处不属于自己的风景。

成长真的是一个痛苦而缓慢的过程。

毒药与胃药

一

张小娴说，只有毒药，令人沉迷，非要不可，明知它是毒，还是心甘情愿服毒，直至肝肠寸断。

第一次看到这句话，我忍不住笑出来，哪会有什么人让你心甘情愿地如此？那时候我在岸上，没有爱上什么人，所以我会这样想。后来我遇上了陈睿，第一次跌进他的怀里的时候，我就知道他是我的毒药，此生。

那天非常倒霉，早上起晚了，急急忙忙赶着去上班，不小心跟一个从街口专卖老婆饼的小店里出来的男人撞了个满怀。我的眼镜被撞丢了，我离开眼镜就是半个睁眼瞎，分不清谁是谁。来不及跟他细究谁对谁错，蹲在地上到处摸索，我亲爱的眼镜却失踪了，但摸了半天，只摸到了一块圆乎乎带着温热的东西，我自言自语，一会儿不见，我的镜片长大了？旁边的人忍不住笑出来，那是我买的老婆饼，被你撞得撒了一地。

我站起来，伸手朝着那个人影摸过去，他的鼻子，他的眼睛，他的头发。他好脾气地站在那儿，并没有躲避。我红了脸，对这个爱吃老婆饼的男人说，还不快点帮我找眼镜？

陈睿答应着，然后和我一起在花坛边的草地里找眼镜，头抵着头，挨得很近，我甚至能听到他轻微的呼吸的声音。每一棵草都被我们梳理一遍，仍然没有找到眼镜，引得行人驻足观望，陈睿附在我耳边轻轻地笑道，他们会以为我们是在找金子呢。

原来眼镜挂在了花坛里的一棵四季松的树杈上，难怪我找不到。陈睿帮我把眼镜戴上，他的动作很轻柔，甚至还帮我掠了一下额前的碎发。不过是一个极平常的动作，可是我的心却在这一刻怦然心动，如果他要拥抱我一下，我想我不会拒绝。是我的生活里缺乏温情吗？我傻傻地看着他，眼前豁然开朗，我看见了陈睿。陈睿笑着看我，平和而温暖，我一下子跌进了他的眼神中，无法游抵彼岸。

二

我不是一个缺乏爱情的女人，好好坏坏，分分合合，一直在感情中浮游。爱情分好多种，轰轰烈烈的和平淡如水的。

那时，我和卓宣走得很近，他是我的同学兼多年好友，在一家外资公司做行政主管。很多追我的男人只坚持了一段时间就败下阵来，只有他一直陪在我的身边，他像一味胃药，温暖平和，他在的时候会觉得心安，他不在的时候，会像少了点什么。他陪我吃饭，陪我说话，陪我旅游，我甚至以为他是可以陪我吃一辈子饭的人选，直到遇到陈睿，我不可抑制地爱上了这个只和他说过一次话的男人，才相信，爱情是没有道理可言，也没有先来后到之说的。

在小区的门口偶然遇到陈睿，他左手拎着香酥老婆饼，右手撑着一把伞。一朵一朵的小雪花，在风中舞着，落在脸上，便悄悄地融化了，像眼泪。这是今年的第一场雪。他一步一步走近我，我的心莫名地战栗，周身的血液在往一个方向奔涌，让我无法思考。

曾经数次设想过与他再见面时的情景，却原来如此平常，他从我身边走过，目光只是轻轻地从我的脸上掠过，并没有停留，陌生的眼神让人如此寒冷，冷得牙齿打战。原来他忘记了我是谁。

我问身边执勤的保安，那人是谁？保安看了陈睿一眼，淡淡地说，他是刚搬来的住户。

我突然有一丝惊喜，像冬天里的炭火，温暖了我的心。

从那天开始，我多了一个习惯，每天晚饭后，不管天多冷，我都会下楼去散步，有时候卓宣会陪着我，和我一起在小区里转来转去，像两只游荡的孤魂，有好几次他不解地问我，天这么冷，我们回家好吗？有什么好看的呢？我固执地说不。

很多次，我不用仰着头就能轻易地看见陈睿，他住在一楼，落地的玻璃窗上整日挡着白色的窗纱，密不透风，窗纱后面隐隐地溢出温暖的灯光，我曾数次猜测，窗帘后面是怎样的一个世界。有时候整晚看不到陈睿的身影，有时候会看到陈睿站在窗边吸烟，一明一灭，我的心就开始莫名地疼起来，近在咫尺，他却不知道我在看他，与他对视。还有一次，窗纱没有挡严实，看见他和一个女人坐在客厅的沙发上一边吃老婆饼，一边看电视，那样寻常的幸福，却像一把剑，凌厉地直刺我的心脏，我忽然明了，他是一个有女人的男人，他是一个有爱情的男人，而我呢？

有一个晚上，睡不着，下楼后不知不觉走到了陈睿的楼下，迷迷糊糊的我忽然看见陈睿和那个女人在沙发上拥吻，我的心纠结成一团，身体在那么厚的羊绒大衣里瑟瑟发抖。

三

我千方百计打听到陈睿在一家文化公司做老总，公司很小，只有二十来个人。我不惜放弃了所学专业，委屈自己去陈睿的小公司做了一名文秘，为的是能和陈睿在一起。

陈睿看到我并没有吃惊，只是温和地笑笑，我并没有找到多少机会单独跟他在一起，心中非常烦躁。卓宣不解地问我，你放弃专业去那么小的一个公司屈就，你觉得值得吗？

我不耐烦地说，值不值得那要看自己要的是什么。卓宣不说话，低着头摆弄手机。我忽然觉得自己很过分，如果说他有错，那么他的错就是因为他爱我，所以他才会忍耐我的坏脾气。

我决定忘掉陈睿，因而和卓宣打得火热，在一起已经不止吃饭那么简单。有一天，和卓宣一起骑着单车去西山的滑雪场，在立交桥下，与一辆本田撞在了一起，我的山地车哪里是本田的对手，幸好本田的车速不是太快，但我还是没能幸免。司机并没有逃逸，但还是挨了卓宣一拳，我吃力地说，宣，你别打他，他是我的老板。卓宣有些吃惊地看我，他的目光仿佛洞穿了一切，让我无处可逃。他悻悻地松开陈睿，陈睿把我抱到车上，送我去医院。

伤口剧烈地疼痛，稍稍活动一下，便如裂开了一般。迷迷糊糊之中听到轻轻的脚步声，叹息声，闻到一股淡淡的花香。努力睁开眼睛，然后我看到陈睿，看到了陈睿身后的窗台上，一盆静静盛开的水仙。他站在窗前看那些X光的片子，右小腿有轻度裂纹，小脚趾粉碎性骨折。

是的，开着本田车，并且撞了我的人是陈睿，我看着他，眼泪一点、一点积满了眼眶。陈睿温柔地看着我，满眼的怜惜。他问我，是不是很疼？我点了点头，眼泪没出息地流出来。去了他的公司半年，从来没有机会跟他走得很近，他总是一副公事公办的神情，让我无处着手。此刻，我不管不顾地抱住他的脖子说，你赔我的脚。陈睿在我的手臂中挣扎，他说，你别抱得这么紧，我不会跑的，让护士们看到了，说不清楚的。我缓缓地松开他，我终于和他离得这么近，终于可以这么清晰地看清楚他。这个让我疼让我爱，我想要的男人。

陈睿其实待我很好，最好的医生，最好的病房，最好的医疗条件，他能给我的，不用我去争取。他的公事很忙，但还是坚持每天来给我送饭，在医院里住了一个月，我没有吃过医院里的饭，都是陈睿给我送来的。当然卓宣也来，但我不会吃他送给我的东西，我只吃陈睿送给我的饭菜。卓宣看我的时候，眼神里便多了绵长的东西，他常常坐在我的床边，一个下午一句话不说。

四

出院那天，我没有通知卓宣，陈睿一个人来接我，然后把我送回家。我有些伤感，因为我知道，我的伤好了，陈睿可能就再也不会来看我了。

尽管我的腿已经好了大半，扶着墙可以慢慢地走路了，但陈睿还是把我抱上了楼。在他的怀里，我希望那楼梯长得一辈子走不完，我抱住他的脖子，把脸贴在他的脸上，陈睿无处躲避，只能任我胡闹。

他把我放到沙发上，然后又下楼去拿那些乱七八糟的东西，折回来，他说，丫头，我还有事儿，先回公司了，你有什么吩咐，打一个电话给我就可以了。我知道他是在有意和我划清界限，不想和我走得太近。我有些伤心，这就是我爱的男人吗？

看着他走到门口，我还是忍不住叫住了他，我怕他一走出这个门槛，就再也没有机会和他接近了。我说现在就有事儿，你别走。他停下脚步，回头看我，我有些任性地说，当然多少也有些撒娇的意味，我想吃红烧鸡翅，你给我做。他面露难色地问，现在？我用力点点头，执着地问他，不是刚一转身就不行吧？还说什么以后？陈睿摇摇头笑道，我没说不行啊，别说红烧鸡翅，就算你讹我一辈子，我也没办法啊！我知道他是在跟我开玩笑，但还是忍不住问，你希望我讹你一辈子？陈睿嘻嘻哈哈地说，拜托你千万别这么想，我可担负不起。你等着，我现在就给你做。

吃饭的时候，我固执地要陈睿陪我喝一点酒。陈睿不肯，他说喝酒对伤口愈合没有好处。我说今天出院，总该庆祝一下新生活的开始吧！更何况我因此丢了工作，你就不该安慰我一下？

喝酒的时候，我玩了一点小小的花招，我知道他不会让我多喝，必会替我喝，所以我找了大杯，一杯一杯满满地斟上，如果他狠心不替我喝，我也只好捏着鼻子灌下去。

果然，他中招，喝了自己的一份，又喝了我的一份，然后一整瓶的酒全被他一人喝下，十几分钟之后便冲进洗手间，狂吐不止，我成功地把他给灌醉了。他从洗手间出来后，一把抓住我的手，看着我的眼睛，看得我心惊肉跳。他问我，你说我是不是傻瓜？我摇了摇头，他继续说，我当然不是，我第一次在那家饼店门口遇到你，我就知道我喜欢你，你是一个好女孩，可是我没有资格对你说这句话，因为我给不了你未来，因为我不可能离开她，我们是患难夫妻，我们承诺对方，要一生一世相守。

我很少听人说到他的妻子，他更是绝口不提。他的话让我的心隐隐地疼，什么样的女人会得到如此的幸福，会让他如此看重？如果他会这样爱我，哪怕是毒药我也会毫不犹豫地喝下去。

都说酒后吐真言，果然不假，陈睿的话除了让我感动也让我失落。我把他扶到床上，帮他擦了手和脸，帮他脱了衣服，然后看着他安静地睡在我的小床上，一如孩子般纯净的脸，我默默地注视着，我是多么想拥有这个男人的爱情啊。

五

陈睿醒来的时候，天已经黑了，他从床上起来后，发现自己没有穿衣服，他慌张地抓过一条床单裹在身上，疑惑地问我，我没有把你怎么样吧？我差点笑出来，但还是忍住了。其实什么事儿都没有发生，但陈睿却以为我把他怎样了。

我安慰他说，没关系，我会对你负责的。陈睿脸上的表情变幻不定，你会对我负责？我用力点点头。陈睿的脸上露出痛苦而又矛盾的表情，我不忍再为难他，看着他穿好衣服，慌忙逃出了我的房间。

此后，陈睿再也没有主动跟我联系过，我也再没有去他的公司上班。

有时候，夜里我会下楼散步，其实散步不过是个借口，我想看看陈睿。透过窗帘的缝隙，我看到陈睿和他太太坐在沙发上，分享一块老婆饼，喝一个杯子里的水，然后一起看电视，陈睿太太脸上的笑容比春花还要灿烂。每一次看到这样的情景，我都会心疼不已，可是我却分明是一个吸毒上瘾的人，明知有毒，却控制不了自己。

我曾不止一次悲哀地想，我究竟是一个什么样的女人呢？我自己也搞不清楚，那么好的卓宣，像一剂胃药那么温暖的卓宣，我却爱不上，却偏偏恋着一个别的女人的男人，而且总想伺机下手偷取别的女人的爱情。

我终于不能忍受内心的折磨，我想换一个城市，开始新的生活。那天碰巧在小区的门口看到陈睿，他手里提着一盒老婆饼，那些金色小巧的老婆饼，是他太太的幸福，我无法分享。

陈睿看到我，停下了脚步。我说睿，我明天就要走了，我可不可以吃一块你手中的老婆饼？陈睿闭上眼睛，瞬间又睁开，他点点头，默默地跟我上楼。

自从上次之后，他再没有来过我的房间，哪怕我给他打电话，他说他也是一个普通的男人，经不起诱惑，也会犯错，所以我也没有再勉强过他。

此刻，暮霭透过玻璃，落在他的脸上，灰色的底色，使他看起来更有男人的味道。一向从容的他，看上去有些手足无措。

我看着他，一直看着，我想把他印在心底。我说，明天，我就走了。半天，他才问，有这个必要吗？我点点头，我怕我会疯了，我怕我会不顾一切地做出傻事。

陈睿轻轻地在我的脸上捏了一下，明了一切的样子。他叹了一口气说，我不值得你为我如此，不值得。像上次的撞车，没事的时候，别再玩这种游戏，还好没有出什么大事儿，否则我会一生良心不安的。

我忽然泄气，他什么都明白，他明白我是故意撞上去的，只为能够和他在一起，只为能爱他，我一直以为这是我一个人的秘密，包括卓宣都不曾知晓。

眼泪不可抑制地涌了出来，我用手背擦了一把，倔强地看着他，你知道我是爱你的，你辜负了我，我一生都不会原谅你！

陈睿伸手把纸巾递给你，我并不接，他就轻轻地为我擦掉泪，然后笑道，总有一天你会明白我，并且原谅我。明天早晨，我送你。

我倔强地看他的眼睛，说了一句非常重的话，我一辈子都不会原谅你。

六

终于下决心离开这个城市，离开陈睿，一旦有了决定，人便轻松下来。一早起来，收拾行李，七点钟的时候，我才给卓宣打电话，因为我不想让他去送我。这个懒虫还没有起床，电话里的声音还有些混沌，听到我要离开这个城市，卓宣忽然不说话了，沉默了半天，他才说，去外地散散心也好，只是别再犯傻，没有一个人值得你为他送了性命，送了性命的不是爱情。我会在这儿等你，一直等你。

我第一次为卓宣掉了眼泪，原来他也明了一切，可是却容忍我，并不揭穿我。以后去了异地他乡，还会遇到这样温暖如胃药的男人吗？药房里有很多种胃药，不知道会不会有卓宣这一种。

我黯然地拿行李下楼，晨曦中，我看到了陈睿和他的太太，我是第一次见到那个女人，我曾经把她当成对手的女人。我站在十步之外的地方打量她，清秀、白皙、娇媚，笑靥如花。

令我非常震惊的是，陈睿的太太是一个坐在轮椅上的女人。我呆住了，瞪着陈睿，眼泪滚滚而落，陈睿的太太拉着我的手说，别哭，丫头，三年前我就这样了，我早都习惯了。陈睿说你是一个好女孩，在外面过得不习惯，记得就早点回来。

我一句话都说不出来，哽咽地憋在心里，非常难受。我忽然懂得了陈睿，爱情原来就该是这个样子，如果那么轻易地被诱惑了，那么就不是爱。

转身的瞬间，我最后看了一眼陈睿，这个懂得爱的男人，此生注定是我的毒药，哪怕我喝不到。

毒药和胃药，我更钟情毒药，哪怕一饮从此毙命也甘心，只是那是别人碗里的毒药，我连毙命的机会也没有。

尘埃里的花朵

一

去温泉小镇那天是周三的下午，天下着雨，雨点斜斜地打落在车窗的玻璃上，模模糊糊的一片，看不清窗外的景物。我紧紧地抓住方向盘，看着远方灰蒙蒙的一片，高速路边那些柔软的藤蔓植物，在风中颤抖着，像刚刚睡醒。

我如此执拗地逃离，只为抵御自己不在那片情感中沦陷。

朋友劝我下雨天别去了，温泉小镇什么时候不能去？再说除了温泉，那儿根本没有什么好玩的，死气沉沉的镇街，只有那温暖而又明亮的一抹阳光是可爱的，只是这样的雨天，别说新鲜的阳光，连个明亮的碎片也看不到。

我沉默着，并不反驳，漠然地看着对我说话的人，似乎是在认真地聆听。其实我的心飞到很远、很远的地方，像一只蝴蝶，张着美丽的翅膀，停留在某一个季节。

别人怎么会知道，我不是为了捕捉阳光而离开，我只是为了离开一个叫赵楠的男人，他真的很好，好到我舍不得离开他，他有温厚明亮的笑容，他有不疾不缓的从容，他有一家不大不小的公司，他有让女人欣赏的男人味，是的，他什么都有，还有一个明媚如花的妻。

等我明白自己掉进了一个多么俗套的故事中的时候，已经到了欲罢不能、欲弃不舍的境地，我的底线在无限降低，一直低到尘埃里，我抓不住自己想要的男人。

二

我记得他对我说过的第一句话是，我叫你小薇可以吗？我笑了，说可以。其实我清醒地知道自己不是小薇，他认错人了，可是他那么温暖平和的话语，让我不忍心否认。

一开始，我和他之间就有了某种暧昧不清的东西，我迷恋他的怀抱，迷恋他的眼神，迷恋他身上的气息，那种淡淡的、让人神清气爽的柠檬的味道。

我是一个写字为生的女人，有大把的时间和寂寞而单调的生活，在超市购物，粗心大意地把信用卡丢在了收银台上，刚刚转身走出十来步，就听到身后有人喊，小薇，你丢了东西。我没有理会，继续向前走，我以为不是喊我。他追上来说，你丢了东西。我回头看他，他干净的眼神略有些羞怯，并不和我的眼神碰撞。我失笑，羞怯的男人，在这个年代的确不多见，像绝种的恐龙。我伸手去接他递过来的信用卡，不小心触到了他的手指上，他的手指冰凉。后来想想，我并不能确定当时是有意还是无意，我并不是多么好色的女人，可是看到他羞怯的眼神，真的让我很兴奋。

我喜欢把许多无法解释的人和事归结为缘分，像我和赵楠。他常常去我租住的小屋，小屋很简陋，木质的结构，乱七八糟的书和碟片，凌乱的床铺，永远不叠的丝绒被和软枕，角落里恣意生长的绿色植物。他几乎每个星期有半天是在这里度过的，翻我的书，看我的碟，和我有一句没一句地闲聊。他说在我这里，感觉很放松。

起初，我并不介意，他的来去似乎跟我无关，直到有一天，他在我的小屋里待了整整一个下午，窗外的雨则愈下愈大，喝光了我的一壶咖啡，雨仍然没有要停的意思，真是人不留客天留客。

我在给一本生活杂志写小说，很投入，并没有留心他蹭到了我的身后，他说，你就不能放下手里的事儿，看我一眼？我真的就那么没有吸引力？他的语调有些幽怨，颇能打动我，我不置可否地笑，转回头看他，他走过来，轻轻地拥住我，一切是那么自然。我在他的怀里忽然觉得这样的生活，才是真实的，有温度的生活，仅仅有咖啡、燕麦面包是不够的，女人还需要爱情的滋润。

三

在那样的情境之下，我和这个叫赵楠的男人自然而然有了第一次，像喝水、吃饭、呼吸一样自然，没有丝毫的刻意。

他的身上散发出一种清馨的柠檬香，那是不同于男士香水的一种味道，带着一种天然的水果的芬芳。我喜欢这种味道。

我像一条藤缠绕着他的身体，和他一起分享一支555香烟，长长的烟灰磕进床头柜的水晶缸里。他说起很多往事，他的朋友，他的亲人，他的事业，小时候念书的母校，曾经住过的老房子，等等，诸如此类，事无巨细，唯独没有说他的妻。我问他，他说她是一个有着特殊家庭背景的女人，在一起只是因为某种利益的需要，而不是因为爱。

我像一只猫一样蜷在他的怀里，像听着别人的故事一样，安静地听着，时间像水一样缓缓地流过，一个下午就那样渐去渐远。

如果可能，我愿意一直停留在那样的氛围里，不爱那么多，只爱一点点，像舒缓浪漫的小夜曲，能够松懈人的神经。

那时候，我和赵楠是像朋友一样的爱人，他来亦来，去亦去，我不给他丝毫的牵绊和压力，我们不会像恋人那样去泡吧，去散步，去旅游，多数时间，他只是贪恋我的小木屋给他安逸和漫无边际的感觉。

四

不知道从什么时候开始，我对他那颗原本宽容的心，渐渐变得挑剔起来。我不再甘心这样没有阳光的日子，我不再甘心情人的身份，我想我是爱上他了，爱得辛苦，爱到受伤。

他依旧每周有一个下午在我的小屋里度过，散淡地问我，小薇喜欢穿布鞋？我莫名地看着他，点点头说喜欢，但是没有穿过。他说我喜欢你穿着布鞋的样子，从一条长长的巷子里走过来。我明白这是他心中的一种理想，他爱我爱到理想化。我们已经很少能够像这样安静地对话，多数时候，我会把他买给我的东西扔到地上，看到他受伤的眼神，心中便觉得很痛快，那种痛快有一丝的残忍。

他什么都能给我，给我他的爱，给我他的物质，我考了驾照，他便给我买了跑车，我病了，他便在医院里衣不解带地服侍，我想吃的东西，他会跑遍全城买给我，可是唯独不能给我婚戒，那恰恰是我最想要的。心中空前的绝望。从前我对婚姻根本不屑一顾，认为爱了就在一起，不爱了就分开，一张纸什么都不可能保证，可是遇到了赵楠，我的思维从根本上得到了改变，从前认为最不重要的东西，现在似乎变得至关重要。

我变得越来越情绪化，他来，我们便会吵得不可开交，他不来，我便会去他的公司找他，穿着单薄的衣衫，在他的公司门口大声嚷嚷，保安把我往外推，他并没有吓得抱头鼠窜，从容地从办公室里出来，把身上的衣服脱下来，披在我的身上，揽住我的肩说，亲爱的，回家等我。

我变得越来越贪婪，我不能忍受每周只有半天的时间和他在一起，我想天天都和他在一起，可是这是根本不可能的事儿，我想象着他和太太在一起时的样子，也如我和他这般亲密吗？我变得不能忍受，坐立不安，神经质，失眠。

五

我承认见到她的太太是刻意而为，我就是想知道那是一个什么样的女人，令他如此不舍。

那是一个小型派对，都是他们圈子里的人，我央他带我去，他不肯。我便偷偷地跑去买了礼服，混进去，站在一大堆人的背后，我看到他和她牵着手，一起出场。赵楠自不必说，他是我爱的男人，在我眼里，自然很优秀。可是和他牵着手的那个女人，对于我是怎样致命的打击，美丽的容颜，白皙的肌肤，细长的脖子，短短头发，简洁的没有过多装饰的白色衣裙，天啊，终其一生，只怕我也不会成长为她那样气质高贵的女人。我太平凡，太普通，苍白而没有血质，丢在一大堆人之中，就无法分辨。

原来这个派对是他们结婚十周年的庆典。赵楠微笑着拿过她的手，给她戴上钻戒，她一脸幸福地仰着脸看他，然后他们下场跳第一支舞。她身上浓郁的柠檬的芬芳，随着旋转的舞姿不可隐匿地传来。我忽然明白，赵楠身上淡淡的柠檬香是她熏染的。

我远远地看着，心中胀满了绵绵密密的疼，眼泪不可抑制地滴下来，我像一个灰姑娘一样，用手背擦着失控的泪，带着伤痛悄悄地退场，我原谅了赵楠。

回到家里，绝望不可抑制地涌上心头，我抚摸着赵楠喝过咖啡的杯子，抚摸着赵楠用过的水晶烟灰缸，从头到尾，我算什么？只是一朵见不得阳光的植物，竟奢望赵楠的爱和承诺，是我要得太多了，从一开始，我就知道他不可能给我我想要的东西，是我自己不遵守游戏规则，掉进了自己的一厢情愿之中。

黯然之中，我找出一只小瓶子，里面装满了白色的药片，只要我吃下去，我就不会有烦恼了。这样想着，我不由得笑了，能够解脱，真好！手机适时地响起来，吓了我一跳，我犹豫了一下，却并没有接。

晕眩之中，我开始出现幻觉，我听见赵楠在叫我，他说，薇，我爱你，我爱你！他的声音有些哽咽，我的心有些疼，是谁把这么好的男人弄得如此伤感呢？

六

我是从医院里跑出来的，一个人开着车跑到了温泉小镇，我只是想躲开他，我不想成为他的负累，我爱他。是赵楠救了我。那天他发现我在派对上不见了，就打我的手机，我没接，他就去了我的小屋。

我宁肯撑着伞，站在镇街的高处，俯视着烟雨中青砖灰瓦的民居，而不愿意待在小旅馆阴暗潮湿的房间里，看那些混沌的脸，那些愚笨的快乐，残忍地破坏了我的心境。

我来这里的初衷，只是为了忘记某一个时刻，某一片光阴中一个叫赵楠的男人，有一种叫想念的东西愈来愈清晰地弥漫在我的心头，像一只小虫子，轻轻地噬咬着的苍白的心灵，我想念他的吻，想念他的怀抱。

我从来不相信有爱情这种东西，在我看来，爱情只是一种毒药，一饮即毙，不饮永远无法体味其中的精髓和真味。可是赵楠打电话来，他说他离婚了，为了我，他不能负了一个连性命都不要的女人。我听了骇然，本能地拒绝。

我终于赢得了赵楠的爱情，我笑了，一直笑到流出泪水。

从温泉小镇回城的那天，天空仍然没有放晴，低沉地阴着，并且起了大雾，令人窒息。我扶住方向盘，看着高速路两边那些叫不上名字的野花，在风中摇曳着，自有其妩媚芬芳的一面。我的心中充满了快乐，这个叫赵楠的男人终于属于我了，属于我一个人。车里放着一首轻快的歌，一个女孩在唱：我不是黄蓉，我不会武功，我只要靖哥哥完美的爱情……

车子驶到高速的一个路口的时候，一辆超重的大货车横冲而来，大雾之中，一直到近前我才发现，我赶紧打方向盘，已经来不及了，还是撞到了高速路的水泥护栏上，一刹那我想起了赵楠羞怯的眼神，温暖的笑容，我笑了，我终于没有逃脱宿命，这样也很好，不是吗，爱情之于我，终抵不过尘埃里的一朵花。

爱情没有返程票

一

程林生向茹兰求婚的时候，没有送她玫瑰，也没有送她钻石指环，而是别出心裁地送给茹兰一枚小小的红玛瑙的印章，小巧精致，像一枚爱情的封印，茹兰喜欢得不得了，爱不释手地天天把玩。

程林生看着她欣喜的样子，忍不住说："你被我盖过印章了，你是我的了，从此不准吃着碗里看着锅里，唯我是从。"茹兰忍不住吃吃地笑："哪有你这样求婚的啊？一枚小图章就想把本小姐搞定，太轻松了吧？"

说归说，闹归闹，茹兰还是答应了程林生的求婚，毕竟自己真心喜欢过的男人不多，程林生没有香车豪宅，穷得不能再穷了，可是对自己毕竟是一颗真心，这个朴实到真诚的男人，是自己一生中可遇不可求的。

尽管大报小报都在嚷嚷某些都市时尚女性铿锵有力的宣言：宁做三奶，不嫁穷人的新言论。尽管不是没有不甘，玫瑰和钻石再世俗，女人也不能不爱，何况茹兰只是红尘中的小女人，自然也不能免俗。

她摊开手掌，掌心向上，跟程林生力争了一回，程林生拍了拍她的掌心说：会有的，总有一天，都会有的，你给我一个卖力气的机会，好不？茹兰也不当真，没有也就算了，毕竟那玩意儿也不当饭也不当衣，况且程林生那时的工资，就算喝一年西北风，也不够买一只米粒大小的钻戒。

好在他们的感情很好，那时茹兰在一座学校里当音乐老师，活泼、任性、快乐，走到哪儿都少不了笑声。程林生在一家公司里当职员，工作不好不坏，收入不算太多，只够温饱，但因为爱情的滋润，所以幸福像一面镜子，折射出无限的光彩。

二

春天，路边的槐树花像小灯笼似的，一串一串的，开得正好，芳香馥郁，招引得小蜜蜂成群结队。学校派茹兰去省城进修，为期半年。

茹兰本来不想去的，新婚才半年，哪里舍得分开？有多事的同事在她耳边低语：“都说男人像一个贪嘴的小孩，你不在身边，谁知道会发生什么事？”茹兰嘴里说着狠话：“他敢吃着碗里看着锅里的，看我怎么收拾他，有他好看！”其实她心里也没底，别说一个程林生，就算神经再坚强的男人，谁敢保证不受到诱惑？现在的妖精们早已修炼得无孔不入了。

倒是程林生，把茹兰拉到身边，伸手摸摸她的额头说："没发烧吧？这么好的机会，怎么能轻易放过呢？回来之后，业务上你就能上一个台阶了，别轻易放过这个机会。"

茹兰心里明白程林生是真心为自己着想，但还是生气地扭过身，当然，这生气有些撒娇的意味，问程林生："这么盼着我离开，有新的目标了？"程林生温和地笑笑："胡说八道什么啊？半年时间，一转眼就过去了，你可以回家来看我，我也可以去看你，再说还可以打电话，发邮件，很方便的。"程林生哄小孩似的拍茹兰的背，抚茹兰的长发，茹兰终于点头答应了。

走的那天，程林生去送茹兰，她拉着他的手约法三章："我不在家，不许把别的女孩领回家，在大街上看美女不许超过2分钟，和女同事聊天不许超过半小时。"程林生刮茹兰的鼻子，附在茹兰的耳边说："谨遵女王陛下的不平等条约。"茹兰咯咯地笑。

三

城边的向日葵开得灿烂的时候，茹兰回来了。回家那天，她并没有通知程林生，想到他，心中胀满绵绵密密的喜悦，像揣了一只欢跃的小鹿一样，这个大男人不知道是不是还像从前那样，穿干净的衬衫，袖口的扣子系得死死的，颈下的领带稍稍松一点，举手投足间，充满魅力。是不是和自己一样，心中揣满悠长的想念。不知道有没有和别人眉来眼去，他这么帅气的男人，不会只有自己一个人喜欢吧？

心中的念头悠然九转，一会儿喜悦，一会儿忧伤，爱情中的男女都这样吧！突然而归，并不是想给程林生一个惊喜，而是想突击检查一下家里有没有什么可疑的蛛丝马迹。打开门，一股冲鼻的霉味扑面而来，屋子里乱七八糟的，哪里还像一个家啊，分明是一个狗窝。

茹兰摇了摇头，换了衣服开始打扫房间，却在床头柜的一摞书里找到一枚杜蕾丝，瞬间，她的思维停顿了，脑袋“嗡”的一声大了，他们两个在一起，从来不用那个套套的，家里怎么会有这东西？她的手抖个不停，血往上涌，一场恶战终没能避免。

程林生抵死不承认那东西是自己的，他一个劲地解释：“你怎么这么不分青红皂白？这样会冤枉好人的。”他越是卖力气地解释，茹兰越是生疑，更加生气和难过，这种犯了错误还抵死不承认的男人，还要他做什么？茹兰哭：“你当我是三岁孩子啊？拜托你用脚指头想想，别人的套套怎么会放在咱们家的床头柜上？”

程林生说什么，茹兰都听不进去，两个人都负气，谁也不理谁，先是分居，然后离婚。程林生不肯在离婚书上签字，负气地说：“你会后悔的。”茹兰倔强地扬着头，以死相挟，和这样口是心非的男人在一起，还有什么意思？

到底是年轻气盛，离就离，谁怕谁？最后，以程林生在离婚书上签字告一段落。

四

离婚后，茹兰以最快的速度辞职离乡，去了省城。

在大都市里，茹兰卖过保险，当过服务员，最后在一家公司里做了个普通的小职员。

身边也曾有男人来来往往，也曾跟人谈过恋爱，只是她都爱不上，闲时拿出那枚红玛瑙印章，想起程林生说过的话：你被我盖过印章了，你是我的女人了。眼泪忍不住流出来，自己怎么会那么不相信程林生呢？他说是在街上艾滋宣传日发放的宣传品，看来并没有撒谎，如果是他和别的女人用的套套，他也不会那么公然地放在家里。可是，想明白了又怎么样？米已成炊，开弓没有回头箭，怎么好再去找程林生？更何况都离婚了，是自己坚持的。

夜夜梦里，都与程林生纠缠，程林生冷着脸指责他：你这个笨女人，我那么爱你，你为什么不肯相信我？

茹兰就哭了，哭得止不住，醒来摸一把，枕上是冰凉的清泪，窗外是冷月清辉，内心里一个小小的声音说：回不去了，再也回不去了！

五

两年后，在省城的街头，再次遇到程林生，茹兰的心嗵嗵地跳，想着，再也不能丢掉程林生了，再也不能放手。程林生也是一样，眼睛里闪着亮晶晶的东西，抓住茹兰的手，竟然在发抖。像扣了环的鸟儿，两个人手把着手，站在街头，相看泪眼，竟无语凝噎。

程林生是被公司派到省城开办事处的，再也没有当年的寒酸，衣履光鲜，谈吐儒雅，出手也变得大方起来，送茹兰玫瑰和钻戒，镶着金边的蓝色妖姬，闪着耀眼光亮的戴梦得。程林生说："我再也不能把你弄丢了。"茹兰点点头，满眼晃动的都是失而复得的喜悦。

很快，他们开始看房子，置办家具，准备在省城安家，茹兰幸福得像一只小鸟，飞进飞出，忙里忙外。

婚纱照拍过之后，茹兰给家乡一个久未联系的女友打电话，女友说：“茹兰啊，你怎么那么傻，那么好的男人怎么说不要就不要了，白白让别人捡了个大便宜。”

本来她是想告诉女友自己要复婚的消息，想不到却听到这样的一个消息，她不相信地又问了一句：“你说什么？”女友说：“你走不久，程林生就结婚了，这么优秀的男人怎么会剩得下？你不要总会有人要。”

放下电话，茹兰就傻了，毕竟中间分开两年，物是人非啊！

去找程林生，脸上笑着，心里却在流着泪，茹兰并不恨他骗自己，程林生一定是和自己一样，在后悔。茹兰后悔自己那么轻率地跟程林生离了婚，程林生肯定后悔自己那么轻率地再婚。

茹兰泪流满面地对程林生说：“分手吧！已经错了一次，不能再错了！”程林生倔强地说：“不，我回去跟那个女人离婚。”

茹兰摇了摇头说，爱情没有返程票，我们就像跑在两条轨道上的火车，错过了，就永远地错过了，回家跟她好好过日子吧！

再不甘心，又能如何？茹兰重新回到了单身的日子，闲时拿出那枚红玛瑙的印章，翻来覆去地看，想起程林生说过的话，你是被我盖过印的女人，眼泪流了下来。

婚姻就像一列火车，可以在始发站上车，也可以中途上车。可以在终点站下车，当然也可以中途下车，只要火车开动了，就不能拿着手里的这张票，从头再坐一遍。

爱情的车票，过期作废。

不怕没钱，就怕没爱

一

当初，静之的理想是嫁个“钻石男”，哪怕掘地三尺，也不会随随便便找个男人就嫁了。

静之是聪明人，以每周两个以上递增的速度去相亲，振远就是在某次相亲的时候遇到的副产品，他休假在家，闲得无聊，陪朋友去相亲积累经验，却鬼使神差地被静之的娘家亲友团全票通过。

静之怎么看都没有看出振远的好，相貌庸常，收入一般，只有身高占了一点点优势。静之恨不能把振远放在显微镜下，看看亲友团为什么会对这个各方面条件都一般的男人情有独钟，结果，她有了一个重大发现，那就是，振远是一堆沙子里的一粒沙，和其他人并无分别。

只是，那是她的一家之言，不具有权威性，她的亲友团并不认同，大家都认为振远稳重，大气，看人的眼神不飘，是一块无价的美玉，至少是玉在匣中待时飞，不是久居人下之人。更重要的一点是他细心，温情。那天，静之的小姨穿了一双价格不菲的高跟鞋，不小心滴落上一滴红酒，是振远掏出湿巾帮忙擦净。静之的老妈不小心把筷子碰落到地上，是振远叫人帮忙换了双新的。静之的老爸喜欢谈论收藏，临走的时候，两个人居然成了难分难舍的藏友。静之的女友开了一辆欧宝，分手时发现车胎没气，是振远亲自动手帮忙换上了备胎。总之，那天振远忙得像一个义工，跑里跑外，忙着衬托主角，不曾想却把主角的戏全抢了过来，获得了大家的一致认可和好评。

尽管这些有声有色的画面都可以为振远加分，却不足以令静之下决心嫁给他，尽管静之后来还是同意嫁给他，但那是因为振远掷地有声的表白。两个人在茶香袅袅中相对而坐，若有若无的丝竹音乐软化了原本并不怎么坚强的神经，振远握着静之的手说，你放心，我不会让你受一丁点儿的委屈，别人有的我们也会有，我努力赚钱，让你过上好日子，一辈子对你好！

女人是感性的动物，静之也不例外，振远的满腔柔情将她的心软化成一摊水，于是糊里糊涂开始和振远拍拖。

振远喜欢叫静之老婆，虽然还没有结婚。

二

最让静之受刺激的是，一个平常看起来不怎么起眼的同事嫁了一个好老公，最近刚买了海景别墅。庆祝乔迁之喜的时候，静之在那幢豪华到有些奢侈的别墅里，踮着脚尖走在枝形的水晶吊灯下，联想起自己，振远好是好，就是没有什么大理想，别人买香车宝马，豪宅别墅，振远却一点儿不急，淡定从容的样子，让静之恨得牙痒痒。

静之的一腔幽怨化作了悲愤，居然在同事乔迁之喜的宴会上，很煞风景地喝醉了，是怎么回去的，一点都不记得。醒来，头痛欲裂，眼前晃动的是振远那张再熟悉不过的脸，上面写满关切，振远说，你怎么这么傻啊，不能喝就算了，逞那强干吗？遭罪的还不是自己！我给你熬了醒酒汤，乖，起来喝一碗，解解酒。

面对这个唠叨琐碎的男人，静之厌烦地转过脸去。

振远又不是静之肚子里的虫，哪知道她心里想什么？不合时宜地问她，老婆，谁惹你生气了？我去扁他！静之没好气地厉声说，除了你，谁敢欺负我？你整天就知道喝汤喝汤，喝汤能解决什么事？拿一边去。

静之只是轻轻地一划拉，谁知汤碗落在地上碎了，汤洒了一地，还有振远一身，静之忽然觉得自己很过分，缓和下来说，我只是气你不争气，天天就知道煮汤下厨房，这样下去，我们什么时候才能换上大房子？静之畅想：起码一百五十平方米，双卫，大客厅，大阳台，到时候我要在阳台上种绿萝，摆上摇椅，和你一起数星星。

振远蹲在地上擦洗汤汤水水的污渍，听了静之的话，抬起头来，说，老婆，就为这烦恼啊？我还当什么大事，不就是想换个大房子吗？有老公我在，你怕什么？从明天起，我换一份挣钱多的工作，努力赚钱，争取早日达成你的目标。

很多男人喜欢在女人面前说大话，乱拍胸脯，但振远不是，静之知道。去年冬天，连续下了几场雪，公司里几个要好的女同事都买了皮草，静之也有些心动，但以她和振远的收入是没有多余的闲钱买这样名贵的衣服的。

周末，她拉着振远逛街，走到皮草专卖柜前，静之就有些挪不动步，现在的皮草设计，走时装化的路线，漂亮时尚，看得静之色眯眯的都要淌口水了，振远摸了一下干瘪的口袋，底气不足地说，回家吧，我给你烧鱼香茄子。

静之瞪他一眼，你看家本事就是吃吃吃。静之不留情面的抢白，让振远这个大男人脸上一阵红一阵青，讪讪地说，吃饭才是天底下一等一的大事。静之说，穿衣服就不是大事？难道你都裸着？振远想说她蛮横不讲理，但不敢，只是张了张嘴，却什么都没说。

没承想，几天后，振远就把那件漂亮的皮草买下来送给静之，一问才知道，振远把他以前的邮票藏品全卖了。

三

很长一段时间里，赚钱，成为振远生活中唯一的重心。

振远最爱说的话就是，大男人应该有担当，不让跟着自己的女人受委屈。他想当大男人，所以辞掉了那份原本清闲的工作，找了一份年薪可观的工作，争取早日给静之买上有两个卫生间的大房子。

公司是朋友开的，一再鼓噪他加入，并且许诺了他优厚的条件，年薪，分红，股份，大假，等等，都是充满诱惑性字眼，他和静之商量了有半个月之久，最后静之拍板，说去，舍不得孩子套不住狼，不冒风险赚不到钱。

振远一去就当上了副总，只是公司的规模不大，包括他才三个人，所以很多事都需要他这个副总亲力亲为，比如出差，比如处理公司的大小事宜，解决纠纷，因此忙得像一只陀螺一样，没有一刻停歇。

一直在机关里清闲惯了的振远是不擅此道的，跟各色人等钩心斗角，应酬交际，常常喝得大醉而归，尽管如此，那间小公司，还是没有维持到半年，那个朋友根本不是做生意的料，公司散伙走人，振远一分钱都没有拿到。

静之知道真相以后，气得三天没吃饭。半年的时间一分钱没有赚到，照这样的速度猴年马月能买上大房子啊？没有大房子怎么结婚啊？交了那样的朋友不说，连最起码的识人的常识都没有，比大狗熊还笨啊！静之越想越气。振远低声下气地祈求，老婆，我给你买个平底锅好不好？静之不解，振远说，你像红太狼那样，用平底锅砸我一下，解解气就行了，只要你不离开我。

静之忍不住破涕为笑，但还是忍不住教导他，吃一堑长一智，以后学乖点，就当交学费了！

振远感叹，赚钱真不是个容易的活。静之讥讽他，银行里有，你敢拿吗？振远说那叫抢，你想让我进去吃“小饼子”啊？

一个朋友跑来找他，说有家公司，只要入股就会获得丰厚的回报，而且切实可行。

振远动了心思，他急于求成，又想给静之一个惊喜，经不住朋友的再三“开导”，于是偷偷把准备开小饭店的资金二十万元，全部拿去入股，想象着那些钱成倍地增长，振远夜里做梦都会乐醒。静之问他乐什么，他卖关子，说到时你就知道了。

没过多久，振远听到一个惊人的消息，那人因涉嫌非法集资被拘留，振远被震得几乎晕过去，那可是他积攒下来的全部家底，这一次可谓损失惨重，不能就这么算了。

一腔愤怒的振远无处出气，找到那人的手下争吵起来，最后还动了手。振远白白长了一个人高马大的花架子，打架却很外行，根本不是人家的对手，三下五除二便被人家放倒在地上，脸上破了相，胳膊也受了伤。

四

静之在医院里找到振远，一下子就傻了，那个平时喜欢跟她贫嘴逗乐的人，头上缠了绷带，胳膊上打了石膏，鼻青脸肿地躺在病床上，像一个战场上刚刚下来的残兵败将。

她咧了咧嘴哭了。呜呜地说，我的老公只有我才可以欺负，别人怎么可以欺负你？我找他算账去！

静之凶巴巴的样子，触动了振远心中最柔软的那根弦，谁说她不爱自己？她爱的方式和别人不一样而已。他拽了静之一把，检讨道，老婆，我又失败了！我没本事，这一次损失惨重，血本无归，你不会怪我吧？

静之叹气。

振远说，老婆，为了弥补我的过失，我告诉你一个秘密，但前提是你不许生气。

看到静之点头，振远放心了，说，咱家墙上挂的石英钟，背面有一个用不干胶封在上面的存折，那是我背着你攒下的私房钱，现在交给你保管。

静之不听则已，一听之下，气得有些发抖，但她还是温柔地对振远说，老公，除了背着我攒私房钱，还有什么事我不知道的？只要你主动坦白，我都可以既往不咎。静之一副大人大量的样子。

振远赌咒发誓说，天地良心，我只背着你干了这一件坏事，现在还主动交代了，想争取个宽大处理。

静之翻脸，林振远，给你个机会，你居然不肯说，你当我不知道啊？邻居家漂亮的小妹妹看到你就笑得像水蜜桃一样甜，小区门口超市里的小妖精看到你就放电，都当你是香饽饽呢！你不肯说就算了，非要逼我做出极端的决定才开心？静之说完，也不看他，转身出了病房走了。

振远悔得恨不能抽自己一个嘴巴，真是贱啊！看到静之真情流露，就犯了冲动的老毛病，谁知静之翻脸比翻书还快，说走就走了，居然不给他一个解释的机会。

傍晚，病房里病友都开始吃饭，只有他孤孤单单地对着窗子发呆，看窗口上有两只小麻雀在打架，看着看着，振远忽然觉得有点像自己和静之。

正在发呆，不承想，静之来了，拿来了热乎乎的小米粥、煮鸡蛋，还熬了鸡汤。原来下午静之是回家给他做好吃地去了。

静之说，我想过了，以后不再逼你出去赚大钱了，你根本不是那块料，就像那只永远抓不到羊的灰太狼，除了没本事赚大钱，你剩下的都是优点，我们应该扬长避短，把你的优点发扬光大，而不是出去丢人现眼。

振远一把捉住静之的手，感动地说，我就知道我没有看错人，老婆，你嫁给我吧！

美丽岛

一

我不知道我在哪里。四周是没有边际的黑暗，静得没有一点声音，我不能停止地奔跑，一直跑，可是怎么也甩不掉身后那双阴郁的眼睛，它一直跟在我的身后，在黑暗中窥视我，令我毛骨悚然……

迷迷糊糊之中，竟然不知身在何处，心嗵嗵乱跳，一道闪电的白光一下子照亮静寂的屋子，我惊醒过来，身上是冰凉的冷汗，伸手在身边摸了一把，床上空空如也，我彻底清醒过来，罗西不在我的身边，罗西不在床上。

这几天，总是觉得有一双阴郁的眼睛跟着我，无所不至，罗西说我是精神紧张，工作压力大所致。

以为罗西去了卫生间，左等右等不见他回来，我翻身下床，把屋子里所有的灯全部打开，屋子里瞬间亮如白昼，一间一间地找过去，依旧没有罗西。

我呆住，先前还纠缠在一起，怎么会突然不见了呢？看看床头柜上的夜光表，时针指向两点，凌晨时分他会去哪儿了呢？甚至连手机都没来得及拿，丢在茶几上，我打开查看一遍，有一条短信是昨晚八点钟的时候发过来的，有些暧昧，一个叫心心的女孩说，罗西，我纵有千般不好，还有那一夜的好，你真的能忘记我吗？

放下手机，我忽然觉得自己对这个男人的前尘后世并不了解，哪怕再过一周他就要成为我的丈夫。

我在客厅里来来回回地走，然后停在窗前，窗外是黑漆漆的夜，雨下得很大，路灯像没有睡醒似的，站在雨地里。我怎么也想不明白，他会去哪儿呢？茶几上的烟灰缸里，满满都是烟蒂，他一个人在这里坐过多久？想些什么？是什么事情使他这样矛盾？我想得昏头昏脑，也想不出个所以然。

二

我相信罗西是爱我的。这个三十二岁的男人，在认识我第九十九天的时候向我求婚。那天是他的哥们儿，也是他公司的合伙人方言的生日宴，他郑重其事地向我求婚，他说要照顾我一辈子，给我幸福。我被他搞得措手不及，但还是有点幸福得晕头转向。一个男人对一个女人最大的承诺，大约就是肯给予她婚姻，更何况是从罗西这样的浪子的嘴里说出来，自然是不同凡响，因为他曾经扬言要一辈子独身，只谈感情，不谈婚姻。

他牵我的手，轻轻地吻我的手背，方言趁机起哄，要吻，怎么也得吻许诺的唇，才能证明你爱她。罗西看着我，在众人的嬉笑声中，他问我，可以吗？我点了点头。

罗西把双手轻轻地搭在我的腰上，他深情地凝望我，他的眼睛像一潭纯净透明的湖水，看得我窒息，看得我心跳。彼时，大家都不出声，看着我和他，像舞台的聚光灯下，我的世界里只剩下罗西，他渐渐缩小为瞳孔上的一个倒影。他低下头，吻我的唇，轻轻地，有一些凉，我无法形容那时的感觉，我的心都快要破腔而出，眼睛里蓄满了泪水。

方言是第一个向我们祝福的人，他的妻子蛛儿，整个晚上都缩在他的身后不出声，不停地喝水。她是那种精致的女人，长发至腰，腰肢纤细，象牙白的肌肤仿佛透明一般，说话的声音像风穿过窗前的风铃，清脆悦耳。我有点喜欢她，她的楚楚动人，她的弱不禁风，不要说是男人，就算是女人也会喜欢。

她抱住我，有些兴奋，像醉了酒一样，贴着我的耳朵说，许诺，怎么收服这匹野马的？哪天传授我点经验，我好收拾方言。

我和她抱在一起，笑成一团。

三

在极度不安中挨到天亮，罗西仍然没有回来，给他的几个朋友打电话，都说没有看到罗西，我慌了，罗西从来不会这样不辞而别，他每次走的时候都会跟我吻别，宝贝，我去上班；宝贝，我约了朋友；宝贝，我有点事情；宝贝，等我回来。

可是今夜，罗西从我的床上，不辞而别，这多少有些荒谬。

等不及天亮，打电话给方言，方言不在，是蛛儿接听的，蛛儿嘻嘻哈哈地调侃，他是不是患了婚前恐惧症？抑或被哪个狐狸精勾走了魂儿，梦游也说不定啊！

我打断蛛儿，带着哭音说，蛛儿，别开玩笑，罗西是夜里两点不见的，他失踪了。

蛛儿停止了嬉笑，正色说，罗西前几天说要去乡下给母亲扫墓，说不定他去了乡下，过几天就回来了，你别着急，他这个人一向是这样的，自由、散漫、不羁，想干什么就干什么，从不顾及别人的感受。

我叹了一口气，放下电话，从冰箱里拿出一瓶矿泉水，一口气喝完，每次，紧张郁闷的时候，我会习惯性地喝水，能使我焦躁的情绪渐渐平复。忽然想起罗西向我求婚的那个晚上，蛛儿也是这样喝水，她微微仰起的白皙的脖子，像一株苍兰的茎，美丽而忧伤。

没有吃早饭，去附近的派出所报案，因为去得太早，只有一个年轻的警官在值班。他接待了我，询问了事情的经过之后，详细地给我做了笔录，然后才告诉我，只有失踪二十四个小时才可以正式受理，最后留下了我的电话号码，让我随时保持联系。

明知道是这样一种结果，但却不能什么都不做，我总要为罗西做点什么事情，总要给自己一个交代，等待会令我失去水分。

四

从派出所出来，我直接去找方言，方言不仅仅是罗西的合伙人，更是好朋友，他们是一起长大的哥们儿，感情很好，吃一块饼干都会分彼此一半的那种。

罗西的失踪，在我觉得，方言是第一个值得怀疑的对象。试想，如果没有了罗西，方言会吞掉罗西的那一半，一个人坐镇天下，总比两个人分享要好。带着这样的疑问，我去见方言，不动声色地问他关于罗西的一些事情。

方言轻描淡写地说，前两天我让他去深圳处理一件棘手的事情，可是他不愿意去，他说他不想在这个时候和你分开。

我一直盯着方言的眼睛，他并不看我，低垂着眼帘，从他的脸上我看不出任何破绽。他絮絮叨叨地讲起了他和罗西，童年的玩伴，一起上的大学，一起认识的蛛儿，一起办的公司，两个人之中，失掉其中的任何一个，那么他们的个人历史都将不完整。

和我设想的一样，方言就是方言，果然滴水不漏。

从他的办公室里出来，隔壁就是罗西的办公室，以前来找他，但却从来没有进来过。

他的办公室有些凌乱，我走到他平常办公的桌子前，桌子上摆着一个镂空的镜框，镜框里的女子我认识，清秀、恬淡、小蛮腰，那个女子是我，此刻在罗西的办公桌上看到，心中感慨。罗西，他那么在意我，为何跟我不辞而别？有什么隐情呢？

我转回身，忽然发现，书柜里、茶几上，甚至窗台上，到处摆着我的照片，罗西就这样在我注视之下做事吗？

眼泪瞬间而下。罗西。

拉开抽屉，我希望能发现一些有用的线索，可是抽屉里都是一些文件，办公用品什么，只有中间的抽屉，里面有一个小小的精致的瓶子，是一瓶香水，我认得，一生之水。我拿起来，在鼻子底下嗅了一下，前调，白色小苍兰；中调，白百合、白牡丹。

可是，我知道罗西是从来不用香水的，而且这是女人用的香水。

我的手颤抖得有些拿不住这个小小的瓶子，觉得有千斤之重。

五

去找心心那天，下着小雨，我没有打伞。

因为手机短信里那条有些暧昧的短信，让我对心心充满了好奇。我一直想，这是怎样一个女子？和罗西有过何等纠缠？

很顺利地找到她。她是一家四星级酒店的服务员，短发，浓妆，细跟鞋足有七寸高，张扬、前卫与野性，看到她，我就知道，不是她。罗西的品位不会如此，他喜欢温婉、淡雅的女人，如我。但是见到她，我还是忍不住想跟她谈谈，也许会有有用的线索。可是心心极不情愿，挑衅地看我。我和罗西只是一夜情，尽管我喜欢他，可是他不会让我登堂入室，娶我做他的妻。

她的嘴角有一抹自嘲和不屑，说完这一句，扭头就走，不再理会我。我追过去拉住她的胳膊，她回身甩了一下，我站立不稳，摔倒在地上，心中有隐隐的悲凉浮上来。罗西，本不想和他的罗曼史纠缠在一起，可是他在哪儿呢？丢下我一个人，在时间的荒野里独步。

我慢慢从地上爬起来，手心磕掉了一块皮，有血一点一点渗出来，身上沾满了泥和水，狼狈不堪。

忽然看见蛛儿开着白色的本田，在我身边慢慢地停下来，她下了车，把我拥进怀里，我忽然就哭了，蛛儿在我的背上拍了两下，说乖，不哭。

她带我去了她家，她的家在很远的郊区，房子很大，装修得很别致，像宫殿一样。蛛儿帮我放了水，我在她的小浴室里洗了澡，换上她的衣服，她的每一件衣服都有一生之水的味道，我的心动了一下，忽然想起一句话，不问海水只问岸，不问命运只问人。

蛛儿在我的脸颊上捏了一下，傻丫头，想什么呢？我笑，你的家真漂亮。蛛儿说，你也会有的。她帮我吹干头发，坐在梳妆台前，看着镜子里的我们，像一对姐妹般亲昵。

我抱着蛛儿，盯着梳妆台上的一生之水，我的心再次动了一下。我仰起脸，看蛛儿，说，我喜欢你！蛛儿笑，像一朵苍兰般。

我看着她的背影，馥郁的芳华，隐隐从她的身上淌出来。我赤着脚，跟在她的身后，忽然有一个硬物硌得我脚心生疼，我挪开脚，是一枚深蓝色的纽扣，安静地躺在地毯上。

六

和蛛儿一起去楼下的餐厅吃东西，蛛儿一时兴致所至，用大堂的钢琴演奏了一曲《美丽岛》，她的十个纤细涂了蔻丹的手指，在钢琴上滑行，行云流水般的音乐倾泻而出。忽然记起罗西，总是唱："泪眼美丽岛，为君生为尔泣。"我呆住，看着她，一直看着，这个美丽妖媚、爱示弱的女人，像个谜。

吃东西回来，蛛儿打开VCD，放的仍是那首《美丽岛》，音乐开得很低，环绕在屋子的每一个角落。我蹭到蛛儿的身边，说，今天晚上我不走了，回去也是一个人，还不如在你家里和你说说话。

蛛儿沉吟了一会儿说，好吧！反正方言去了深圳，我也是一个人，我们刚好可以说话解闷儿。

蛛儿穿了一件黑色的小背心，宽松的白色长裤，盘腿坐在床上，双手合十，她在打坐准备练瑜伽，我看着她的侧影，美丽精致，这样的女子必是玉做的肌肤，冰做的骨，有一颗玲珑剔透的心。

时光悄悄地从我们身边流走，夜就那样猝不及防地来临。外面的雨越下越大，雨花打在玻璃上，模糊成一片。蛛儿做完一套瑜伽操，趴在床上，慵懒地眯缝着眼睛，跟我讲从前在大学里，方言、罗西，还有她，一起上学，一起郊游，一起去图书馆。某次在图书馆里，方言为了给她占座，竟然和别的同学打架，罗西为了帮方言也参与了打架，后来被老师罚拖一个星期图书馆的地。

她转回头来看我，你是怎么遇到罗西的，让我们这位著名的浪子为你收心养性。

我笑道，罗西会为我收敛？你刚才也不是没有看到，在街边，我被他的旧情人弄得有多尴尬，恨不得买块豆腐撞死。

两个女人在一起，总会有说不完的话。后来，搂在一起渐渐睡着，看似亲密，但我知道，我们中间隔着千山万水，永远无法抵达。

不知过了多久，床头一盏昏黄的小灯，仍然惨淡地亮着，半睡半醒之间，有一双眼睛在暗处盯着我看，又似乎有一双温软的手，抚我的脸，轻轻的，令我毛骨悚然，汗毛孔都张开了，冒出凉森森的冷汗。

醒来，身边根本没有蛛儿的影子，一道蓝色的闪电划破了夜，我吓了一跳，急忙奔到窗前，楼下，黑糊糊的一片，一辆丰田刚刚打着火，在雨夜里急驰而去。

我揉着胀疼的太阳穴，检查睡前喝过水的杯子，还残留着白色的粉末。记得曾问起蛛儿是什么，她说是小苏打，原来是安眠药。

七

我是尾随着蛛儿来到这所小房子的，这是一幢旧房子，掩映在一片法国梧桐里，浓荫遮天蔽日。蛛儿看到我，并没有吃惊，她冷漠地笑，我知道你会来，既然来了，就看看你爱的男人好不好，这不是你千辛万苦一直要找的答案吗？

我跟着她来到屋子里，罗西果然在这里，脸上的神情依稀还和从前一样，只是，他的目光从我脸上掠过，漠然，视若无物，根本像没看见我一样，他直奔蛛儿走过去，伸手从她的包里掏，说，我要巧克力、香烟，还有《美丽岛》。蛛儿像对一个孩子似的，在他的头上摸了一下，说乖，我给你拿。

罗西乖乖地站在那里，伸手，手心向上，等着蛛儿给他拿。我忽然间觉得难受，眼泪哗的一下流下来。我敢说，罗西现在的智商只有五岁。我怒不可遏地盯着蛛儿，你把他怎么样了？你给他吃了什么？他怎么会变成这样？

我难过地闭了一下眼睛，我的罗西。

蛛儿冷漠地看我一眼，并不理睬，把东西拿给罗西，罗西坐在蛛儿的脚下吃巧克力，根本无视我与她的对话。

半天，蛛儿才说，你知道《美丽岛》吗？罗大佑写给台湾岛的情歌，也是罗西唱给我的情歌。二十一岁那年，野菊花开得漫山漫野的黄昏，二十二岁的罗西第一次在郊外的山坡上，趁我睡着了，偷偷地吻了我。

那个吻，对于一个少年，是浪漫的情愫，对于我却是致命的，从此融入我的生命。此后十年，我们纠缠在一起，都是因为那个吻，那个有毒的吻，在血液中奔流，找不到出口。

那你为什么不嫁给他？我问。

蛛儿眼神凌锐地剜我一眼，你当我不想吗？是罗西不肯，他和方言是同父异母的兄弟。

我呆住。罗西没有跟我说过，方言更是不肯跟我言及。他们竟是兄弟。

一直到你插到我们中间，他开始退缩，他不再见我，不再爱我，每次我去找他，他都找个借口推掉。从那时开始，我恨你，是你夺走了他。

蛛儿用仇恨的目光看我，她不再是那朵温柔可爱的解语花。她说，我打他手机，他不接，万般无奈，我哀求他，只见他最后一次，婚前。他不为所动，我只好告诉他，他不见我，我就割腕，然后永远别再想见到我。

我知道他心软，果然，他来到我们经常约会的这个屋子，我求他别再和你在一起，他不肯。我说服不了他，只好威胁他，用割腕作为砝码，他回身抢我手中的刀片，撕扯中撞到了墙上，再醒来，就变成了现在这样，你看到了？

蛛儿一口气说了这么多，然后拿了矿泉水，仰着细长的脖子，急急地灌下去。

八

罗西向我求婚的那个晚上，蛛儿也是这样喝水，一直喝，不停。

喝完水，蛛儿抹了一把红嘟嘟的唇，说，你是我见过的最聪明的女人，你是怎么发现我把罗西藏在这里的？

我说，本来我是锁定方言的，罗西失踪，最大的受益人就是方言，没有了罗西，公司就是方言的了，所以我怀疑是方言做了手脚。接近你，原本是想从你身上找到突破口。

怀疑你，是因为一生之水。罗西不用香水，而办公桌的抽屉里却放着一生之水。而你除了一生之水，什么都不用。所以我跟着你去你家，你弹了那首《美丽岛》，而罗西也很喜欢唱这首《美丽岛》，"泪眼美丽岛，为君生为尔泣"这句歌词曾令我震撼，所以记忆深刻，这一切都是巧合吗？当然不是，所以我要求在你家里留宿，其实是冒险，拿生命做赌注，可是我爱罗西胜过爱自己。还好，你只是在我的水里放了几片安眠药。

然后在你的家里发现了一颗蓝色的纽扣，这颗纽扣出卖了你。因为我认识这颗纽扣，是罗西衣服上的，因为他的这件衣服是我在一家专卖店买的，扣子是特制的，上面有罗西名字的英文缩写。很显然，你们趁方言去深圳出差的时候，在你们家里约会，而且争执过，撕扯过，所以才会让我捡到那枚纽扣。

半夜你开车去看罗西，我本想跟踪你的，可是我吃了安眠药，药力没过，只好眼睁睁地看着你开车离开，因此我费了很大的力气，以后的几天，我天天埋伏在你家旁边的小树林里，终于找到了你藏罗西的地方。

罗西是你爱的男人，你怎么忍心把他弄成这样？蛛儿笑，笑得很大声，然后有眼泪簌簌地落下来，她歇斯底里地喊，都是因为你，如果不是你第三者插足，罗西怎么会变成这样？

我失笑，这个女人的爱令人恐怖，她逻辑混乱，处于崩溃边缘。

她抱着罗西，说，亲爱的，你永远都不会离开我了，是不是？

罗西点点头，问她，是不是有巧克力吃？

我看得心中酸酸的，我的罗西。

蛛儿垂下了头，像一朵开败了的花儿。我忽然有些难受，蛛儿真是人如其名，她人名字是有毒的，她的心是有毒的，她的吻也是有毒的。

有些人有些爱，其实就像海中孤岛，美虽美矣，但却永远是可望而不可即，蛛儿如此，罗西又何尝不是如此？

风起时

一

风起时，天边堆起了黛色的云，聚拢，离散，又聚拢，像赵濛心中想要说的心事，到了嘴边又咽下，复又涌到嘴边，来来回回，当真是难以启齿。

天空低沉，看来真的要下雪了，这个冬天里的第一场雪。

赵濛看着小暖，她低垂着头，看着脚尖，一副隐忍的模样。

小暖是个安静的女子，一直都是，她身体单薄，瘦弱，骨感，仿佛轻轻碰触就会碎落，像宋词一样婉约。赵濛是不忍心伤害这样一个女子的，可是，有些话，即使今天不说，迟早都是要说的，长痛不如短痛，所以他狠了狠心还是说了。

他叹了口气，有些艰难地说，我跟楚虹说了，她说只要你答应我们的婚事，她允诺每年我可以和你在一起过一个假期，可以在那个假期里一起做任何事，她不追究。

任何事，这三个字要多暧昧有多暧昧，小暖懂的。

说这话的时候，赵濛知道自己有多卑鄙，所以他很坦然地等着小暖的冷眼，或者甩他耳光，抑或赌气转身跑掉。只是，他设想的这些情节都没有发生，小暖只是淡淡地“哦”了一声。她说，恭喜你找到了真爱，好好对人家，好好珍惜，别再三心二意的了。

一刹那，赵濛有了错觉，这女孩真的爱过自己吗？从十七岁到二十三岁，从高中一直到大学毕业，两个人好上了，好了好多年，小暖虽是一个很素淡的女子，可是若爱，她怎么会如此淡定？她应该声嘶力竭、歇斯底里才对，这才是失恋时最基本的症状，可是小暖没有，小暖依旧如往昔。赵濛的心中有了一丝淡淡的失望，之前他做好的种种应对的姿态全都没有派上用场。

情节背离太大，有些不靠谱和失真。

赵濛在心中对自己说，好吧，分就分吧，别再婆婆妈妈的了。可是一转身赵濛就后悔了，他的心碎落了一般疼痛，走出几步，慢慢回头，看见小暖依旧站在原地，眼睛里有盈盈的泪光。

他想甩自己耳光，但也只是想想而已。

二

十七岁，多么美好的年华，可是再也回不去了。

那年，小暖还是一个不谙世事的小女孩，没有和男生牵过手，没有接过吻，没有过初恋，像一颗清晨的露珠一样清纯干净新鲜，她和赵濛好上了，纯粹是因为一个突发事件。

那年春天，扬花时节，路边的树上开满了槐树花儿，篱笆上的蔷薇香的啊，香满街，小暖背着书包走在放学回家的路上。

那时的小暖，虽然瘦，高，但清秀的轮廓已然清晰，所以偶尔也会在路上遇到外校男生的纠缠，然后赵濛闯进了她的视线，他像一个骑士一样，和那几个小混混舌战，然后推推搡搡间，赵濛趁隙抓了一把泥土，很不骑士地扔向那几个小混混，然后转身拉着小暖，撒丫子跑去，一路跑一路笑……

跑到安全地带，赵濛自嘲地笑，他说，兵不厌诈，谁叫咱们寡不敌众呢？

小暖并不介意他用什么手段赢了对手，倒是他手上的伤令她心疼不已。她皱着眉头说，你的手流血了，站在这里别动，我去街边的药店买创可贴。

赵濛真的等在那里，等了很久，看到小暖举着一包创可贴跑回来，她气喘吁吁地拉过赵濛的手，轻轻地哈着气，低声问他疼吗，那种怜惜的样子，让赵濛的心温柔地牵动了一下，小暖低着头给他贴创可贴的时候，他在小暖的秀发上轻轻地吻了一下。

小暖抬头看他，眼睛里有迷茫和慌乱，然后脸上慢慢爬上了一抹胭脂红。

三

美好的岁月总是易逝的。想起往事，赵濛忍不住叹气，若是不长大该多好？可是人总是要长大的，总是要面对一些事情，比如人生，事业，婚姻，家庭。

后来，两个人一起从小城考到了大都市，在不同的大学里念书，想要见一面，需要穿城而过，所以每一次约会，两个人都很期待，都很隆重。

两个人跑去看午夜场，赵濛只能给小暖买得起爆米花。而小暖给赵濛买衣服，买洗发水，买生活用品，因为小暖的家境比赵濛好，赵濛和母亲相依为命，生活捉襟见肘。

为了不伤他的自尊心，小暖总是说那些她精心挑选的东西是她用不完的，赵濛何尝不懂？他知道在小暖的婉转和期盼里有爱的成分。那时候，他就在心里发誓，这辈子，这辈子一定要对小暖好。

一辈子或许真的太长了，还没有转身，赵濛就背离了自己的誓言，因为他遇到了楚虹，一个能给他未来的女人。

大学毕业那年，赵濛在一家大公司里找到了一份小职员的工作，清苦，薪水少，升职无望，赵濛整天唉声叹气，小暖提议，不如咱们一起回小城教书吧？我不求你干什么大事业，我只求天天能看到你就很满足了。

赵濛不屑地说，我的理想只有在大都市里才能生根开花，回小城能干吗？

小暖无语，她最大的心愿就是守着这个叫赵濛的男人过日子，生一个孩子，生老病死，在时光里演绎烟火生活，而赵濛最大的心愿是出人头地，挣很多钱。

这样的日子，挨过两年，赵濛的事业也不见起色，倒是小暖，她怀孕了，起先，她惊喜地说，咱们结婚吧？总要给孩子一个家呀！

赵濛有些不耐烦地说，男人要先立业后成家，你看我，一无所有，怎么给你和孩子一个家？我想给，可是我给不起。

小暖笑，说，没关系，我不怕吃苦，咱们先租一间房子吧！

就是那个时候，越濛爆发了，他说，小暖，你脑子进水了？你不在乎我在乎，我在乎你怎么看我，孩子怎么看我，小城那些故人会怎么看我，好饭还怕晚吗？早晚我和你结婚就是了。

小暖第一次看到赵濛发火，很吓人，小暖定定地看了他半天，直到他发完火，她转身推门离去，从那一刻开始，她的心渐渐地凉了。

四

楚虹和小暖是两个截然不同的女人，楚虹能干，果断，大气，最重要的是，赵濛供职的这家公司是楚虹的家族企业，她的父亲是大老板，楚虹就是小老板。

赵濛除了不怎么走运，家中没有什么背景之外，还是有很多优点的，他脑子活，心眼儿灵，长相俊逸，而且有幽默感，所以楚虹在公司里遇到他时，一下子就有点短路了。

按说楚虹也是见过场面的女人，可是她是真的太喜欢赵濛了。女人一旦爱上，智商几乎降为零，她先是给赵濛升职，提拔到自己身边，常来常往，经常见面，也好近水楼台先得月。然后送赵濛跑车，还有房子，赵濛一向清汤寡水惯了，哪里见过这样的阵势？所以没用三五个回合，就被楚虹的糖衣炮弹炸蒙了。他想举手投降，可是又舍不得小暖，她和小暖毕竟是初恋，从学生时代一直到今天，小暖待他十二万分的真和好，他怎么能不知道？

小暖没有和他纠缠不休，也没有哭闹，赵濛挺意外的。

小暖走的那天，给他发了一条短信，她说，我回小城了。除此，别无多余的字，赵濛翻来覆去地看，可是怎么都看不出有什么言外之意。

没有了小暖，可是赵濛有了楚虹，所以日子并不曾冷下来，相反，倒有了从前不曾有过的许多感触。

两个人像化学方程式，快速地起了反应，没有多久就结婚了，结婚时，赵濛并没有告诉小暖，但是他在新婚之夜想起了小暖。叹息之余，他知道，此生若是不负小暖，势必就要负自己，选择的时候，他选择了宁愿负了小暖而不是负了自己。

这就是世事难两全吧？

五

春天，槐树花开得一嘟噜一串儿的，热闹纷繁。蔷薇在篱笆边轻轻摇曳，累累的花骨朵，香满街。

赵濛开着车去邻城办事，回来的时候路过家乡的小城，他的心中忽然间就迸出了小暖的样子，想起小暖，他的心还是会疼。他回故乡小城，他就是想看看小暖，他就是想看看她的模样，是瘦了，还是胖了，还有过得好不好。

在一座小院子里，海边小城那种很平常的四合院里，他看到了小暖。

他假装从街上过路，然后探头往院子里看，小院里有一棵梨树，枝繁叶茂，梨花胜雪，树下有一张方桌，上面摆着晚餐要吃的食物，小暖屋里屋外地忙活着，她略略胖了一些，一边忙碌一边朝屋里喊，孩子他爸，吃饭了！屋里有人答应一声，却并没有见到人影，倒是院子里两个三四岁模样的双胞胎男孩子，争先恐后地喊，妈，我饿了！我也饿了！！

赵濛想笑，真是贪吃的小家伙，看着两个稚童吮着手指跑过来，赵濛瞬间窒息了，他不能呼吸，呆在那里，这两个孩子，怎么那么像自己？那眼神，那模样，那神韵，活脱脱就是自己的翻版，赵濛走出去很远，脑子里依旧混乱不堪。

当初，小暖只说回故乡教书，从此再没有见过。

一路上，赵濛都被一个问题纠缠得脑袋都大了，自己到底要追求什么？拥有的时候，不知道珍惜，丢失的时候，四处寻觅，只要是人，都会有这样的弱点吗？

舍弃了小暖，得到了很多，地位，身份，尊崇，财富，别人的羡慕，得到了很多身外之物，可是自己也因此失掉了很多，失掉了很多这辈子都不可能再拥有的幸福。

风起时，赵濛觉得有一粒沙进了眼睛，他使劲揉，可是怎么都揉不出来，倒是眼泪纷纷地跑出来，湿了眼睛。

海那边

一

三个月前，沈念偶然遇到了一个叫何晓的男人，他去了海那边。

沈念永远记得何晓去海那边之前的那天傍晚说过的话。那天傍晚，暮色四合时分，何晓坐在露台上，眼神苍茫遥远地盯着远方。他说，沈念，你知道吗？这个世界上有一个地方是我最想去的，就在海那边，我想在那里生活一辈子，直到终老。那里有一处石头房子，是我的家，春天来临的时候，山坡上开满了野花，风一吹，那些花儿便摇摇摆摆，像跳舞一样，好看极了。夏天来临的时候，那一片绿幽幽的森林中长满了小蘑菇，采来煮汤可鲜了。秋天来临的时候，会在那片森林中采到很多干果。冬天来临的时候，漫山遍野白雪皑皑，那一座石头房子，就像童话世界里的城堡……

这样的描述，让沈念很动心，她摇着何晓的胳膊说，世间真有这么好的地方吗？我也想去，带上我一起去好吧？

何晓慢慢收回目光，眼神聚拢起来，他看了一眼沈念，冷冷地说，你想去哪儿？那是我自己描绘的精神小屋，你进得去吗？别瞎想了，快去睡觉吧！

沈念不相信何晓的话，她坚信，海那边肯定会有这样一个美丽的地方，何晓只是不想带她一起去而已。

那天夜里，沈念梦到自己真的去了何晓的精神小屋，她跑啊，笑啊，在那片开满野花的山坡上舞蹈着，何晓拿着花环向她求婚，何晓说，小念，嫁给我吧！你不嫁给我，我就不起来，我就跪死在这山坡上……

第二天早晨起来，沈念笑不出来了，屋子里空荡荡的，何晓不辞而别，留下了一张小纸条给她，上面写着：沈念，我去海那边了。

沈念拿着那张小纸条，站在屋中央，呆呆地怔了半晌，做梦都想嫁给他，难道自己真的爱上他了？

二

沈念和何晓其实也不是偶遇。

三个月之前的一天傍晚，沈念在园子里散步，园子里的合欢花都开好了，粉嘟嘟地铺满了半天边，一树绿叶红花，翠碧摇曳，坐在树下长椅上的沈念，正犹豫着要不要捡拾一点合欢树的落英拿回去煮水，据说合欢花煮水能够治疗失眠和健忘，沈念已经好长一段时间夜里睡不好觉了，她弯腰拾起地上的一朵合欢花，起来时，背上便被一个冰凉的东西顶住了。

沈念吓了一跳，刚想叫，身后那个男人冷冷地说，别叫，我不会伤害你的。

是的，这个男人就是何晓。

沈念的心聚成一堆，身体也有些不听使唤地发抖，心中暗想，在自己家的门口遇到打劫的了，真倒霉啊！她问他，你要什么？我没有钱，项链和戒指都可以给你，你别伤害我，我就不叫人。

沈念之所以会这样说，是因为园子的西北角有点偏僻，靠山，种了大片的合欢树，就算喊只怕也没人能听到。

何晓摇了摇头说，我不要东西。

沈念就有些蒙，又问，不劫财，劫色？

身后半天没有动静，沈念慢慢回头，看见何晓的眼睛正盯着自己，脸上有一丝似笑非笑的愠怒。

何晓的那双眼睛可真好看，深潭一样，苍茫遥远，深不见底，可惜那么好看的一双眼睛长在了一张男人的脸上。沈念忘记了自己的处境，只觉得有些惋惜。

何晓说，长成那样，还惦记着别人劫色，怎么可能？

一听这话，沈念有些恼羞成怒，可又不敢发作，只好悄悄地问了句，那你想怎样？

何晓说，我的脚踝受伤了，想在你家里养好伤就离开。

沈念几乎想都没想就回绝了。这不可能，我又不是医生，我一个单身女人怎么能收留你一个大男人？传出去我以后还怎么嫁人啊？

何晓说，就是因为你单身我才选了你。你最好别拒绝，别人问起，你就说我是你的男朋友。

紧张的气氛骤然松弛下来，不劫财，不劫色，只劫住，而且蓄谋已久，看来是躲不掉的。

三

那一段回家的路，似乎特别漫长。

路上，遇到隔壁的张阿姨，沈念像遇到救星一样，脚步踌躇不前。张阿姨笑眯眯地问她，小念啊，有男朋友了？沈念刚想摇头否认，身后那个冰凉的东西便在腰上使劲顶了一下，沈念只好点头，说，是，我男朋友，帅吧？

何晓亲亲热热地挽住沈念，两个人一起上楼去了。

强行住到沈念家里的何晓，首先拔掉了网线和电话线，没收了她的手机，然后跟她约法三章：第一，不许报警。第二，不许逃跑。第三，不许耍花样。

沈念虽然点头答应了，心中却暗想，哪有这样的劫匪啊？即不劫财，也不劫色，只是想住几天，养好脚伤就离开，看来是一个善良的劫匪。沈念犹犹豫豫地问他，我能问你一个问题吗？何晓点点头。沈念说，你是不是遇到什么过不去的坎了？要不要说出来，我帮你想想办法？

何晓冷着一张臭脸说，不该问的你别问，我什么都不会告诉你的，否则，我做出什么过激之举，你自己负责。

那个夜晚，两个人谁都没有睡，都瞪大了眼睛，在黑暗中提防彼此，空气中有了沉闷的味道。半夜里，何晓终于扛不住，呻吟出来。沈念开了灯，看见何晓的脚踝肿得像大红萝卜一样，她说，死扛什么啊？我带你去医院，不然你的腿会瘸的。何晓低低地吼了一声，别多管闲事，去睡你的觉，死不了人。

沈念是个善良的女子，见不得别人痛苦，她爬起来，翻抽屉，找消炎药和药水，帮他简单地处置了一下，然后回到房间里睡觉，可是怎么都睡不着，睁着眼睛，一直到天亮。

早晨起来，沈念打算去上班，然后趁机摆脱眼前这个男人，再也不回来了，可是刚刚走到门口，何晓便拉住她的胳膊说，家里来了客人，别去上班了。

沈念有些泄气，自己的小伎俩，一眼便被他看穿了。于是，只好说，我不是去上班，我就是想看看门口的报箱里，报纸送来了没。

何晓说，报纸有什么好看的？一把把她拽进屋里，然后门被“咣当”一声关上了。

四

僵持了几天，家里的食物吃光了，药品也没了，可是何晓的脚踝却没有见好。沈念说，我出去一趟，买点食物和药品，总不能我们两个人坐吃山空等死吧？何晓想了想说，好吧，你别耍花样，我和你一起去，就去门口的小超市里随便买点什么。

那是夏天，何晓却把自己捂得严严实实的，买药的时候，沈念随便瞟了一眼收银台上的报纸，这一看不打紧，沈念的心立马提到了嗓子眼，这个不劫财也不劫色只劫住的男人原来是个通缉犯，报纸一版的下方，有一则启事，启事里有一张一寸的男人照片，照片上有一双好看的眼睛，正是何晓。

从那天开始，沈念才开始真正害怕面前这个只劫住的男人，她心事重重，又睡不好觉，从沙发上起来的时候，一下子栽倒在地上，胳膊上、腿上多处瘀伤，昏迷的时候，一直都是何晓在照顾她。何晓看着这个昏迷不醒脸色苍白的女子，有些心疼，都是自己害得她。

何晓带她去医院，沈念有些感动，提醒他说，当心被人认出来。何晓的痞劲上来了，他说我又不是电影明星，我怕什么？

何晓给她煮面条，给她冲红糖水，给她擦手擦脸，她醒过来时，他甚至有些雀跃地说，你终于醒了。

欣然的语气令沈念的内心生出温热，她把手从他的掌心里抽出来，黯然地说，你要逃到什么时候？不如自首吧！

何晓把头埋在她的掌心里，他说，是的，我是做了不应该做的事儿，我前女友做生意亏了本，逼着我挪用公款，结果到期还不上，我若不逃，就会被判刑。

很多时候，心与心的距离，其实只是一张纸的距离。

沈念叹了一口气说，你把钱还上，不就万事大吉了？何晓的脸上写满了无奈，他说，我没有那么多的钱，我也不能连累父母，他们都那么大年纪了，我一天孝道都没尽，反倒要他们揪心，你说我还算是男人吗？我现在又把你害成这样，我不是好人。

沈念悠悠地说，你还不算坏，因为你还有良心。

五

沈念是在海那边找到何晓的。

那时节，已经是春天了，山坡上没有大片的野花，只有一间石头房子和一片塑料大棚，何晓穿着一件看不出颜色的旧衣服，裤脚挽得高高的，脑门上全是汗，在塑料大棚里种菜。看到沈念的那一刹那，他的眼睛里迸射出惊喜，他说，沈念，你是怎样找到我的？

那惊喜只存续了片刻的工夫，便在他好看的眼睛里熄灭了。他说沈念，你回去吧，就当从来没有遇到过我，就当从来没有认识过我。

沈念说，这里的山坡上没有野花，这里的森林里也没有小蘑菇，这里的秋天也没有你说的那么美，这里的冬天会冷死人，你跟我回去吧！

何晓低垂着眼帘，他不敢看沈念这个善良的女孩，他摇头说，不，真的不能。

沈念就笑了，抓过他的手说，你看这是什么？一百万，我卖了房子，你去自首吧！难道你能一辈子都这样东躲西藏的？就算你肯，我还不肯呢，你总得为我考虑一下吧？我们一起回海那边去！

何晓好看的眼睛里渐渐聚拢起雾气，他使劲地点了点头。

世间的路，总是峰回路转，他想好了，回海那边去！不能再辜负了，不能辜负。

纠　结

一

城市有时像一个千娇百媚的妖精，灯红酒绿，繁华奢华，物欲横流，充满机会也滋生暧昧，让人爱也不是，恨也不是。

曾亮手里提满了大大小小的纸袋，都是何小欢扫货的战利品，他跟在何小欢的身后，穿过街心花园，穿过百货公司，穿过购物中心，然后在一家日式料理店喝清酒吃紫菜卷的时候，曾亮看着眼前这个叫何小欢的女孩，心中忽然生出一个疑问：她究竟是爱我，还是爱我的钱呢？这个问题像鱼刺一样，卡在他的喉中，让他无比纠结，是的，纠结，即使是满口的清酒也无法使他下咽。

他看着眼前的何小欢，她穿着麻纱的半身裙，锁骨耸立，漂亮而性感。及膝的紧身的牛仔裤，露出一截白皙的小腿。长发如水藻一样卷曲着，随意挽在脑后，大眼睛里烟波如水，跃动着快乐的小火花。

这样一身混搭装扮自然无可挑剔，她不追求名牌，但却对衣服香水小饰物充满热爱，每次逛街都会买很多。买到兴高采烈时，偏着头对曾亮说，我喜欢这个，可是我没钱了，你借我点吧？等我发薪时还你。软软的口气中，有商量、讨好、乞求、耍赖、威胁等诸多成分，曾亮的心就软了，别说是一个自己喜欢的女子跟自己借钱，就算是一个不相干的人跟自己张口，也不好意思硬生生地拒绝人家不是？

可是这样的有借，往往无还，曾亮也不会放在心上，她又没有跟自己借香车豪宅，不过是些胭脂，花粉，衣服，饰品，等等。

何小欢一而再，再而三地故伎重演的时候，曾亮的心中就有些不爽，若是自己主动送她这个那个怎么都好说，可是现在他是被动地被索取，他心中的不爽让他产生了质疑，这个女子跟自己认识没有多久，除了跟自己借钱借物，不把自己当外人之外，她也把她自己给了他。

按说，曾亮也不算太亏，付出也算有收获，可是他不是一个洒脱的男人，相反，倒有一点小小的较真，学不会睁一只眼闭一只眼，关于爱与不爱这个问题，他自己也觉得很好笑，喜欢了就在一起，不喜欢了就分开，多简单的一件事情，可却被他弄得很复杂，让他无比纠结，因为他凡事讲究一个“心”字，他过不了自己这一关。

二

曾亮承认自己是真心喜欢何小欢的，好多年都不曾有过这种感觉，就像念中学那会儿，暗恋那个在蔷薇花下读书的女孩一样，心慌慌的，有如小鹿在撒欢儿。睡不着觉的时候，闲暇的时候，曾亮曾认真地想过这个问题，得出的结论是：喜欢。若不然，以他的性格，只怕早转身了。

可是何小欢是个性格复杂的女子，有时安静恬适如轻云出岫，有时开朗活泼如一只小兽，有时候心思细密，有时候大大咧咧，曾亮觉得自己有些认不清她，她像站在远处的大雾里，始终影影绰绰，但是，内心里，他却是爱这个女子的，只是说不清楚爱她什么。

那年夏天，何小欢在海边晒太阳，不承想有点中暑，游泳的时候有些缺氧，在海里扑腾了半天，在阳伞下看风景的曾亮看出了端倪，他二话不说，跳到海里把何小欢捞上来，弄到阴凉的地方，掐人中，灌凉水，好一番折腾。

像一条美人鱼一样修长的何小欢，慢慢醒转过来的时候看到了曾亮，这个算不上英俊的男人，长着一张典型的好人脸，微微有一点点胖，没有什么特点，可是何小欢与曾亮却一见钟情。后来，何小欢总结说，可能是因为自己极度缺乏安全感的缘故吧！

两个人很快进入恋爱模式，逛街，看电影，爬山，微旅游什么的，偶尔也会吵吵架，但很快就会和好。何小欢喜欢美食，喜欢漂亮衣饰，曾亮带她去逛街，然后两个人就握手言欢了。

三

让曾亮起了疑心的，其实是一件非常小的事情。

何小欢总喜欢背着他打电话，有一次被他无意当中听到，何小欢在楼下的花坛旁边，好像很生气的样子，对着手机气狠狠地说，我没有钱，也没有爱，我有钱有爱也不会给你，你何必这样纠缠不休呢？

一转头，看见曾亮就站在离她不远的地方，她吓了一跳，有些无辜地说，打错了，不是找我的。

曾亮看着她，一直看着，什么都不说。

何小欢低下头，说，我说谎了，不是打错了，是找我的。

曾亮问她，男朋友？

何小欢说，前男友。

简简单单的三个字，曾亮对这个答案并不满意，可是何小欢却闭上嘴巴，什么都不肯再说。她不说，曾亮又不能像警察审犯人那样去问，但是那个大大的问号却从此留在了心中。

还有一次，是夜里，何小欢在书房里，没有开灯，对着手机，一会儿哭，一会儿笑，一会儿又骂。曾亮那天晚上喝茶喝多了，起来上厕所，听见书房里有嘤嘤的哭声，吓了一跳，以为聊斋上演，轻手轻脚去了书房，发现是何小欢一个人对着手机唱独角戏。

自此，曾亮的病症加重了，他不能确定，何小欢跟自己在一起，究竟是为了他的钱，还是为了他这个人。

曾亮以前有一个女朋友，在一起三四年，两个人从没有吵过架，好得如胶似漆。她过生日时，曾亮甚至还买了一辆车送给她。可是那个女孩一转身就嫁给了一个比他更有钱的男人。他心有不甘，也想不明白，都那么爱了，怎么说嫁给别人就嫁了。

他跑去问女孩究竟是为什么，女孩嗤之以鼻，爱什么爱啊？爱多少钱一斤啊？再说，你凭什么认定我爱你？我一个穷学生，若不是你有两个钱，我凭什么跟你好？眼睛那么小，嘴巴那么碎。

曾亮受伤了，很受伤，从此，很长一段时间都没有再恋爱过。

四

病情很重的曾亮，终于想到一个万全之策，他把他名下的饭店转让出去了，他把他名下的公司股份也转让了一部分，他把他名下的动产和不动产都转让出去了，然后刻意找了一个机会，对何小欢说，我破产了，钱被一个姓程的朋友骗光了，说是一起投资做生意，结果骗得我血本无归。说到动情处，曾亮一把眼泪，一把鼻涕，把那个骗他的朋友狠狠地痛骂了一顿。

何小欢一副小鸟依人的模样，一会儿给他递纸巾，一会儿给他倒水，安慰他说，我还当出了什么大事儿了，不就是几个臭钱没了吗？没关系，咱们再赚，赚香钱来，有什么了不起的啊？多大点事儿？她拍着曾亮的肩膀说，老曾，今天晚上我陪你去喝一杯，有什么苦水你倒给我，我保证，打不还手，骂不还口，做你的垃圾桶好不好？不醉不归。

像哄孩子一样的何小欢，让曾亮心花怒放，这姑娘果然心里有自己，是真的爱自己，而不是爱自己的钱。曾亮心里欢喜得有些痒痒，有好几次都想告诉她，自己是骗她的，可是，又说不出口，这谎刚撒出去，就矢口否认，自己成什么人了？

那一晚，两个人真的找了一个地方去喝酒，曾亮因为找到了答案，心里高兴，所以说了好多故事给何小欢听，小时候的事情，后来做生意时发生的一些事情，甚至前女友的事，他啰啰唆唆讲了一箩筐，何小欢抿着嘴儿笑。

那一晚，曾亮觉得幸福像花儿一样，开得到处都是，却原来，是喝多了，满眼都是小星星。

五

何小欢结婚的事儿，曾亮还是从别人嘴里听来的，据说结婚的对象就是他那个姓程的朋友。曾亮一听就生气了，何小欢口口声声说钱没了就没了，感情那是说别人的钱没了就没了，她是不能没钱的。

曾亮舒展了没几天的心又纠结起来。

何小欢结婚那天，仪式还没有开始之前，他找到她，因为他太想知道答案了。

何小欢穿着白色的婚纱，像仙子一样，美艳动人。曾亮语无伦次地说，何小欢，你真虚伪，你说钱没了就没了，怎么一转身就跑去找个有钱人结婚？何小欢冷笑，答案现成的，你若有兴趣听，我可以告诉你。

第一，我选择跟谁结婚，是我的自由，别说我们还没有结婚，就算结婚了也可以离婚再嫁。

第二，我之所以选择你的朋友程，不是因为他比你有钱，而是因为他比你诚实，毕竟生活中不能只有钱。

第三，有钱不是缺点，爱钱也不是错，因为钱在一定程度上也能体现一个人的智商和能力，只要不是爱得没底线，就没什么了不起。

最后，再免费送你一句忠告：以后无论和谁在一起，别再玩这么弱智的游戏了，你假装破产了没钱了，你自己以为是考验别人，其实是对别人人品的怀疑，也是你不自信的体现。每个人都有自己的底线，我也有，你突破了我的底线，所以我选择了别人。

曾亮不记得自己是怎样从何小欢那儿离开的，他没有看何小欢盛大而浪漫的结婚仪式，因为他的内心无比纠结，以前是为别人，现在是为自己。

逆生长美女

一

下班的时候，米苏在电梯里碰到范浩波，真是冤家路窄，越不想碰到谁就越是碰上谁，这世界怎么这么小呢？

范浩波是米苏他们公司的客户，常来常往，一年前还曾疯狂地追过米苏，只是米苏对他这样俊朗的小男生不感冒，男人太过干净漂亮，女人没有安全感，尤其是米苏，比他还大两岁，所以范浩波追她的时候，她一直在后退，终于退到墙角，然后不得已说了很伤人的话。

米苏说，你什么时候长大了，有了自己的车和房再来追我不迟。米苏的心里，喜欢那种老成持重，能给她父兄一般骄纵和宽容的男人，所以她选择了沈重。闺蜜桑格举双脚赞同，桑格说，沈重有车有房，最主要是他稳重成熟有脑子，不知比那个浮浪的范浩波要强出多少倍。

闺蜜的意见虽不是决定性的，但很大程度上来说，也是建设性的。

米苏结婚那天，范浩波也去了，喝得大醉。范浩波大着舌头说，你这样形而下的小女人，总有一天，你会后悔的。

距离那一天，也仅仅只过了395天，米苏就离婚了。

原因像所有的老套电视剧一样，米苏出差，回来的时候想给沈重一个意外的惊喜，所以没有通知他，可是回到家里，她就疯了，沈重和一个女人在她的床上颠鸾倒凤，米苏就发飙了，她甩了沈重一个耳光，把桌子上茶几上的东西统统扫到地上，然后和他离了婚。

杀出围城的米苏，彻底被打败了，她酗酒，吸烟，衣着邋遢，每天像个没睡醒的怨妇似的，看见人就说，男人没一个好东西，吃着碗里，看着锅里，沈重那么老实的男人，竟然是一肚子花花肠子，可见谁都靠不住。

此刻，她和范浩波狭路相逢在这个方寸空间中，挨得那么近。米苏仿佛感觉到他的呼吸轻轻地落在了她的头发上，她的脸不由自主地红了。上一刻她还口口声声说只有沈重那样的男人才能给她安全感，下一刻她就搬起石头砸了自己的脚，范浩波这个帅得让人窒息的小男人还不得站在河岸上看笑话？

范浩波怜惜的目光落在她的脸上，半天方说，你瘦了。米苏想，这个城市这么小，他肯定什么都知道的，所以索性豁出去了，不就是想看笑话吗？让他看个够。米苏笑，说，杀出围城很耗体力，能不瘦吗？怎么，想给老姐吃点好的补一补？范浩波说，我带你去吃点好的你肯去吗？

米苏笑得很难看，很无奈地说，算了，姐的笑话你也看够了，你找别人玩儿吧！姐回家去了。

走出电梯，米苏忍了很久的眼泪，终于忍不住稀里哗啦地落下来。

二

离了婚的米苏，其实还不到二十八岁，可是风水轮流转，现在的米苏再也不是当初的米苏了。当初的米苏骄傲、矜持、美丽，可是离婚之后，一夜之间身价似乎一落千丈，行情跳水似的一路走低。

老妈急得像热锅上的蚂蚁，到处托人给她张罗相亲。用老妈的话说，女人过了三十岁，就很难再找到好男人，因为好男人不会在半路上等你，早被人家剜到筐里了，要看得准，下手要狠。米苏就是因为看人不准，所以吃了大亏，被打上了离异的标签，只好减价处理。

这话米苏自然不爱听，她说，妈，您老等着，我肯定找个比沈重好的男人，肯定不会折价处理。

话虽这样说，可是米苏还是消沉多了，每天下班，都窝在家里上网看电视吃垃圾食品，外加吸烟，酗酒，没几天的工夫，人就瘦得脱了相，而且身上除了酒气还有烟味，老妈给她介绍的对象，没用一个回合，就被她吓跑了。

老妈捶胸顿足，说了一句非常有哲理的话。她说，米苏，你没救了，错误是沈重犯的，又不是你犯的，你干吗用他的错误惩罚自己？那样的男人早离早好，你要是等到三十几或四十多岁才发现沈重的龌龊下作，只怕凉拌菜都凉了。趁着现在年轻，找个好男人，重新开始，什么都不晚。

米苏当然知道老妈的话是对的，可是疗伤总要有个过程，除了上班，她几乎所有的时间都窝在家里。桑格看不过去，拉她去逛街，居然在街上遇到范浩波，他和一个好看的女子站在路边的梧桐树下说话。

桑格恶狠狠地说，我就看不上这样的浮浪男人，仗着自己有几分姿色就到处留情。米苏笑，说桑格，你不是喜欢人家了吧？干吗这样跟人家过不去？桑格还想说什么，可是张了张嘴，最终什么都没说。

那天，米苏像疯了一样，把卡里的那点钱全部刷光了，买了一大堆的衣服，手袋，皮鞋，回到家里，全部丢在柜子里，然后依旧衣衫邋遢、蓬头垢面地去上班。

桑格说她没救了。

三

米苏被迫相了几次亲，每次相亲回来，都痛不欲生，想想人生所为何来？女人一离婚，除了跌价，就没有什么正面的益处，看来老话真的不白说，一步错了百步歪。

说给桑格听，桑格鼻子都笑歪了，她说，离了一次婚，就成了掉书袋的老夫子了，除了疼，好像剩下的都是经验，其实错与对都是相对的，你这样一身酒气烟味，男人不被你吓跑才怪，就算你没有离过婚，你这样骨灰级没落女，男人看到你还不是要绕道而行？听我的，先振作起来，把自己收拾得干净利落，打扮得活色生香，有了精气神儿，男人不被你迷死几个才怪。

米苏很久都没有感动过了，听了桑格的话，心里想，还是有个闺蜜好，说说心里话，也可以不那么郁闷。

那段时间，米苏被老妈强迫相了几个，而且一个不如一个。起先是和老妈一起晨练的许阿姨给介绍了一个海归，说如何如何好，说如何如何优秀，就是年龄大了点。见了面才知道，岂止是大一点，简直快大一轮了，而且除了未婚这个优势，再也看不出有什么好，人木讷，个子矮，问半天都没问出几个字，而且头上已经有了秃顶的趋势，简直是未老先衰。

米苏郁闷了半天，然后从包里掏出烟，夹了一支在手里，慢条斯理地吸着，烟圈一圈圈飘向那个男人，然后那个男人就站起来告辞了。

后来，米苏又相了好几个，她对一个有短暂婚史的男人有点感冒。米苏想，不知道是不是和自己一样一时被不明真相蒙蔽了。米苏觉得这个男人还不错，衬衣领子很干净，没有长指甲，说话不疾不徐，做事还算有分寸，会体贴人。米苏是个注重细节的人，这些细节让她觉得很舒服。

即便如此，米苏仍然没有下定最后的决心。

直到有一天下班，单位里的一个同事对米苏说，我也离婚了，咱俩在一起将就吧？米苏不明白他的意思，问他，你是向我求婚吗？男人乐了，说，这跟求婚有什么关系？我是觉得咱俩都是寂寞的人，你懂的啊！

米苏说，那你找错人了，我虽被婚姻所伤，可是我的骨子里仍然相信婚姻，我不会和没有感觉的男人上床。

四

回家后，米苏哭了，这不是摆明了欺负自己吗？欺负自己没人疼。她窝在家里啃方便面看肥皂剧，那个她略有好感的婚史男来了，一看就知道他喝了酒，摇摇晃晃的，大着舌头说，米苏，今天晚上我不走了，我要在你这儿睡，你也别装了，我们都是结过婚的人，现在都单着，知道一个人的寂寞不好受，你让我留在你这儿好不好……

米苏蒙了，这是什么世道，自己离过一次婚而已，怎么谁都想在自己身上揩油？只见过一次面，通过两次电话，他就跑来要跟她上床，真是疯了！米苏拉着脸说，抱歉，你看错人了，我不是你想的那种随随便便的人，我信奉爱情，我不会跟没有爱的人上床。

男人说，我们都是成年人，知道彼此需要什么，都懂的，你还有什么可装的啊？米苏火了，说，臭流氓，你最好自己滚吧！不然我报警了。米苏使劲推他，往门外推，可是米苏那么瘦，怎么都推不动。

米苏想了想，然后给范浩波打了电话。

米苏之所以没有报警，还是给男人留着情面，是因为这事如果传出去，男人还不得颜面扫地？于自己也没有什么好，人家会以为她也不是什么好鸟。

范浩波二十分钟后赶了过来，三下五除二，把那个赖皮男人赶走了，米苏的眼泪像决堤的水，怎么都止不住，最后不知怎么就把头埋在了范浩波的肩膀上，范浩波趁势把她拥在了怀里。

五

后来，米苏知道了桑格为什么一直在自己面前说范浩波的坏话，原来，桑格追范浩波追了很久，都被他拒绝了。

闺蜜是一种什么样的感情？闺蜜就是什么都可以彼此分享，除了男人这种奢侈品。米苏不恨她，人这一生里，谁不会为爱做几件傻事呢？

米苏戒了烟，也不再酗酒，饮食规律了，脸上自然有了光泽，穿长裙，留长发，一副良家女子温良谦恭俭的小女子姿态，身上是好闻的兰蔻香水的味道，很多男人毫不吝惜自己赞美的目光，新来的上司更是大胆地邀请她共进晚餐。

范浩波说，你可不能没良心啊，你从那个泥潭里爬上来，我可是功不可没，你用什么报答我啊？

米苏说，人家都是做好事不留名，哪有你这样赤裸裸地要求回报的啊？

范浩波耍赖，我没有那么高风亮节，我是要回报的，不如你嫁给我吧！

世间的事，真的很难说，米苏绕了一大圈，最后还是嫁给了范浩波，嫁给了这个她认为没有安全感的小男人，不过这也是此一时，彼一时，今时今日，不能与当初同日而语，不在婚姻里蹚过那么一次，怎么检验人不可貌相这句话？

玻璃墙

他看着她戴上婚戒的那一刻,心中像浸满了蜜糖水,甜得发慌,这个让他追得很辛苦的小女人,终于肯为他戴上婚戒,做了他美丽的新娘。她的笑靥里,她脸颊上的酒窝里,都写满幸福,他看着,觉得心中有一条叫快乐的虫子在轻轻地蠕动。

最初的日子里,他是珍惜她的,她的喜怒哀乐牵动着他的心,她工作不顺心时,他给她支持。她对友情产生质疑时,他给她安慰。甚至她因为饮食,脸上起了小痘痘,也是他查资料帮她出主意。

可是她像一个贪心而且任性的孩子,并不懂得珍惜,在他的关爱里肆意而为,下班后和一帮同事出去吃饭唱歌,连个电话都不打给他。他急得在屋子里转来转去,打电话去她的公司,人家说她早走了。打她的手机,竟然不在服务区。他放下电话,呆呆地坐在窗前的斜阳里,脑子里一刻都不能停止,想了很多种可能,跟人吵架了?被人劫持了?过马路时不小心……

他不敢想下去,这个小女人根本不会知道她在他心中的位置。

他生气地想着，她回来一定和她吵一架，她太目中无人了。

终于等到她回来，原本想发作的心，看着她笑嘻嘻的脸，慢慢地在怒气中尘埃落定，她回来就好，不是吗？他端上饭菜，看着她一边吃一边讲公司里的趣闻逸事，嘴里塞了很多食物，还不忘检讨，下次回来晚了，一定给你打电话。他的心软了，湿答答的，很难受。

可是没过几日，她又老毛病重犯，下班后不回家也不开手机。一次一次，他终于不能容忍，两个人吵架，吵得天翻地覆，他开始相信女人婚前是精装书，婚后是平装书的说法，婚前的她温婉、优雅，看着养眼，爱着暖心。可是婚后的她变成了一只母老虎，吵架他从来不是她的对手，他从来不知道她嘴上的功夫那么好，气得只有倒吸气的份儿。

男人和女人，像两只身上长满了刺的小刺猬，相互抵御和伤害着对方，不留情面，也不留余地，终于精疲力竭，终于心冷成灰，终于离婚。

离婚后最初的日子里，他如释重负，长长地吁了一口气，一个人过着散漫自由的日子，一边养着内伤，一边恢复元气，他甚至有些庆幸自己的果断和决绝，拖泥带水不是他的风格。

有相熟的朋友为他介绍女友，也有人品相貌可人的女子向他暗示，他都婉转拒绝，不是多么喜欢单身的日子，也不是对女人有了抵抗力，实在是因为自己还忘不了她，这个小女人一定是会巫法的，即便她不在他的身边，却依旧霸占住他的心。他恼恨自己，那个女人那么轻视自己，一周总有那么两天回家晚，却连个电话都不打给他，他曾经数次暗示她，如果她爱上了别人，他会成全她的幸福，可是她就是假装听不懂。

很久之后，一个多年不见的朋友从国外回来，请他喝茶，他兴冲冲地去了，点了一壶雨花茶，一个人品茶看杂志悠闲地等，很久都没有这么放松和舒适地过一个下午了。

忽然听到一个熟悉的声音在背后响起来，他的心竟然久违地快速跳了几下，不用回头他也知道是她。他站起身，没出息地想马上逃掉，可是他听到她和女伴的对话，好奇心诱使他又慢慢地坐下来，毕竟她曾经有一段人生是和他相交过的。

他偏过头，用眼角的余光看到她和一个女伴在喝茶聊天，她的气色很好，脸上挂着晴朗的笑。那笑像针一样扎他的心，他隐隐地感觉到疼，是看到她不开心不快乐他才会感到安慰吗？当然不是，但离婚之后，就算不在意他，也不用笑得像一朵花儿，他有些负气地想。

他忽然莞尔，觉得自己特小气，特没出息，特不像男人，凭什么要求人家为离婚难过呢？潜意识中是希望她介意自己吗？

胡思乱想着，听到她的女伴问她，你的乳腺癌是误诊还是治好了？她叹了一口气说，是误诊。可惜我为此付出了婚姻，那时候，我想着如果因此切掉一只乳房，不再是一个完整的女人，他还会再爱我吗，所以我等不及答案，还不如自己先逃掉。

他听了心中大恸，想起从前她晚归的那些日子，她一定是去看医生，或者恐惧，又或者在路上徘徊，而自己竟然粗心地以为她有了外遇，和她吵架，争执，冷漠相对，她一定非常伤心，非常难过，而自己竟然以为对她娇纵，容忍，一切都是基于爱，从来没有从她的角度去考虑，原来自己在她的心目中，竟然如此地没有安全感和不可信任，难道婚姻真的只能包容幸福，不能接纳苦难吗？

他想告诉她，不是这样的，如果他知道真相，一定不会让她独自承受。可是回过头去，哪里还有她的影子？他对着她刚刚用过尚且冒着热气的茶杯，发了好一阵子呆。

打电话给她,才发现她的手机号码早换了,离婚后,他还是第一次给她打电话。辗转打听到她一直借居在一个女友那儿,找过去,家里没有人。他有些失望地沿着人行路慢慢地走。忽然听到有人喊她的名字,他以为是错觉,驻足细听,竟然真的有人喊她的名字,是从路边的米兰婚纱摄影店里传出来的。

他又惊又喜,这一次再也不能错过机会,刚想奔进去找她,忽然停住了脚步,隔着玻璃窗,看见她穿着白色的婚纱,手里提着裙子的一角,在镜子前左顾右盼,笑靥如花,一如当年嫁给他时娇媚的样子。

他静静地站在那里看,看得傻掉,看得流出了眼泪,她当初也是这样,穿着漂亮的婚纱,成了他的新娘,成了他的妻,可是自己为什么那么愚蠢,竟然亲手放掉了她。如今,这么漂亮的婚纱,只是再也不是为他而穿。

如果她找到了属于自己的幸福,那不也是他的愿望吗?隔着一道玻璃,他看着她依旧俏丽的身姿,目光渐渐模糊起来,有疼痛从心上轻轻辗过,那一道玻璃隔断了他的幸福和希望。

他心中灰暗地上了2路车,昏昏沉沉地坐了一站又一站,他忽然冲动地冲司机大喊:停车!停车!

下了车沿着原路往回走,跑到刚才的那家店前停住了脚,她还在那里,只是脱下了婚纱,穿着平常的衣服。

她看到他气喘吁吁地站在她面前,她惊讶地问,有事吗?他抓起她的手说,我不能再错过了,只要你一天没有嫁人,我就还有机会。她指着自己的鼻子问,我要嫁人?嫁给谁?他说,别瞒我了,我看到你刚才试婚纱。

她笑了,说,我要嫁人,肯定不会嫁给你,好马不吃回头草。她原本只是开玩笑,可是他却冲动地说,以前是我错了,是我不该怀疑你，是我对你关心不够，是我的心在红尘世俗里左右摇摆不定，你原谅我，只要你给我机会，我不会再放手让你溜走，我不敢保证一定会给你幸福，但我会尽我最大的能力让你快乐！

听到有人在笑，他才看到身边有很多人。她红了脸嗔怪他，你当着这么多人胡说什么啊？我不过是帮女友试婚纱，又不是真的要嫁人，你怎么这么多废话啊？

他听了傻笑起来，心中狂喜，牵着她的手跑出婚纱店。

原来幸福只是隔了一道玻璃墙，如果刚才没有勇气闯进来，那么必然会错失今生，必然会抱恨一辈子。有的时候，真的不能相信自己的眼睛所看到，有时候自己的眼睛也会欺骗自己。